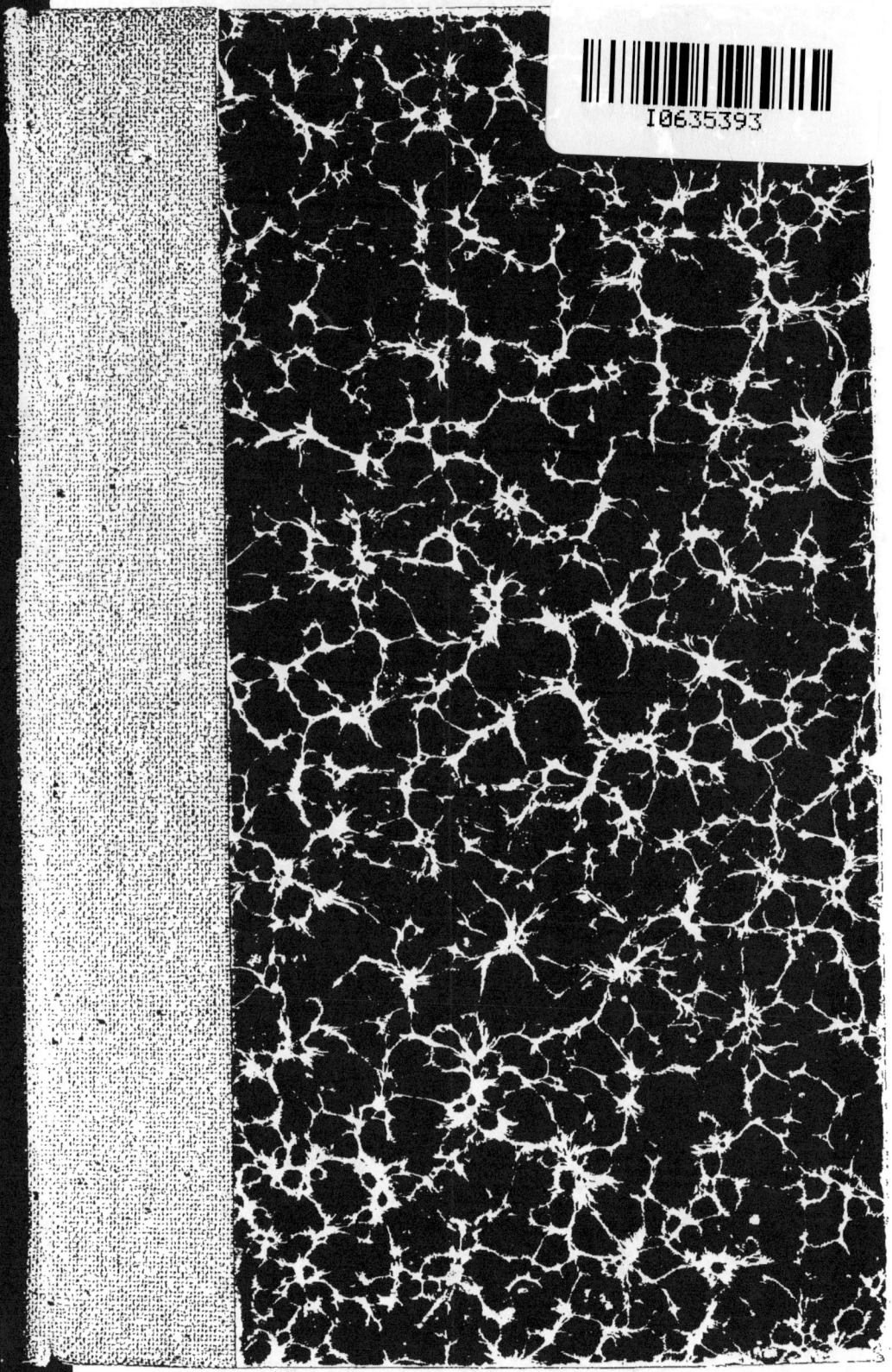

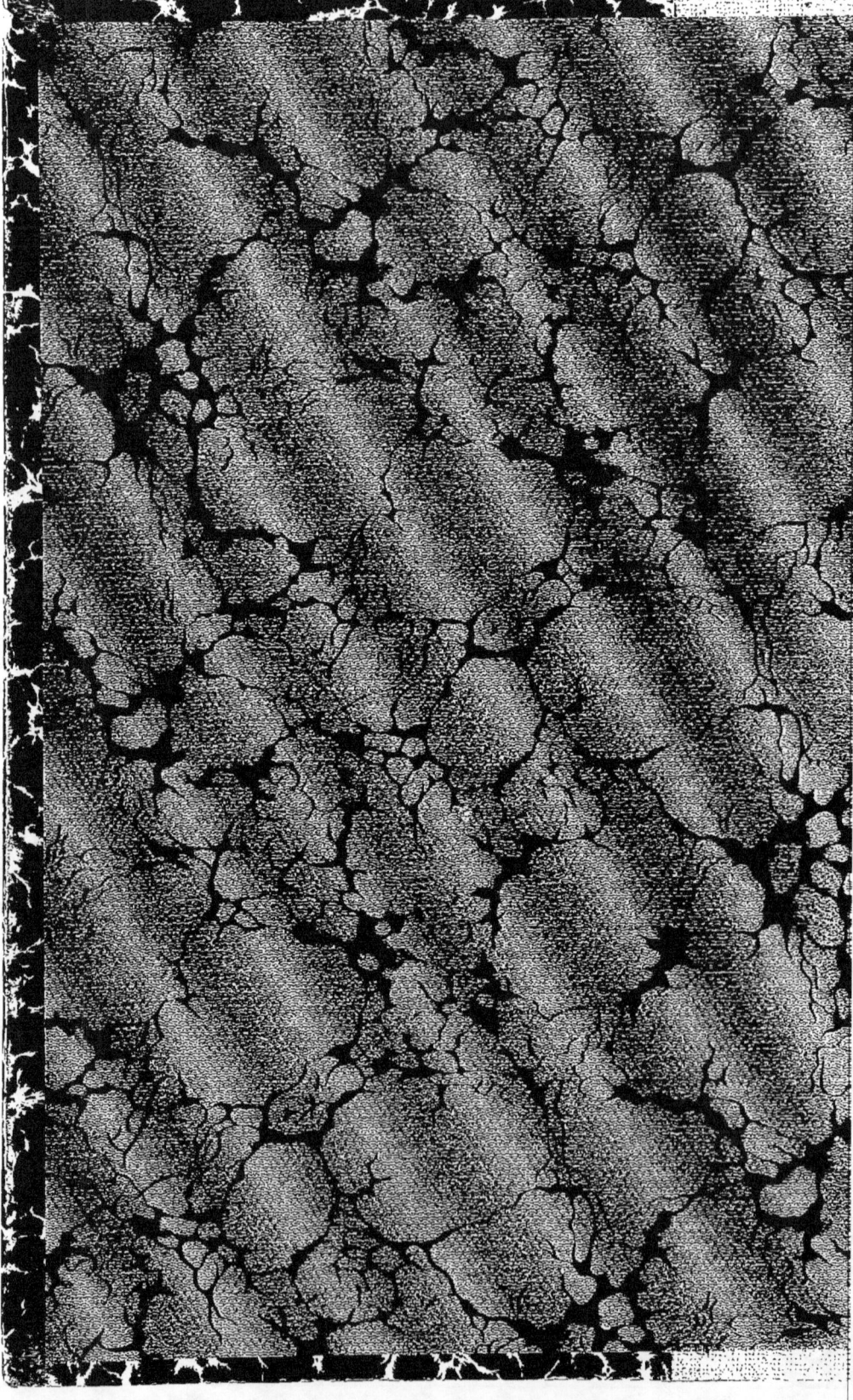

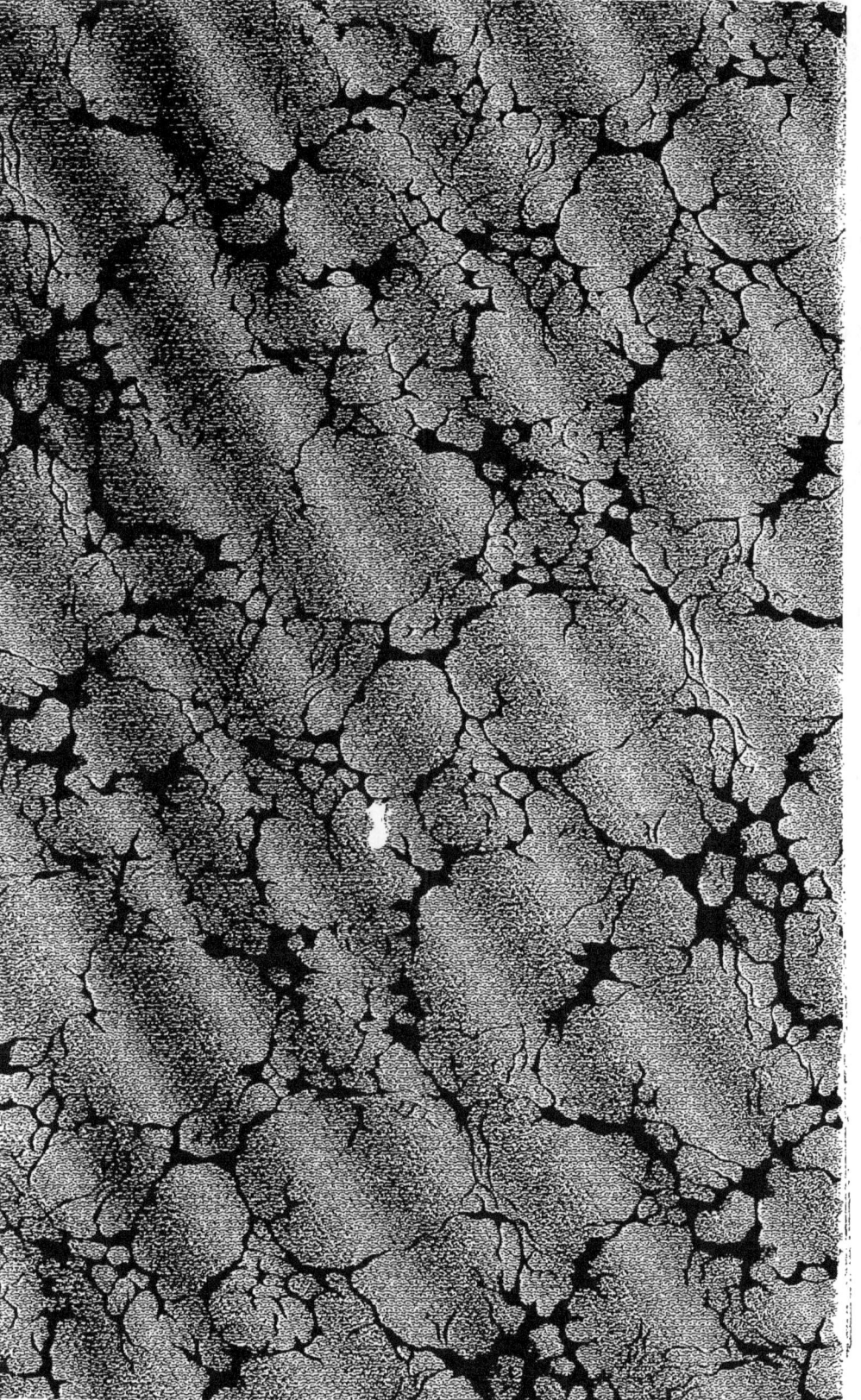

LES MALHEURS

DE

JOHN BULL

PAR

CAMILLE DEBANS

PARIS

C. MARPON ET E. FLAMMARION, ÉDITEURS

26, RUE RACINE, PRÈS L'ODÉON

—

1884

LES MALHEURS

DE

JOHN BULL

DU MÊME AUTEUR

LES MALHEURS

DE

JOHN BULL

PAR

CAMILLE DEBANS

PARIS

C. MARPON ET E. FLAMMARION, ÉDITEURS

26, RUE RACINE, PRÈS L'ODÉON

1884

(Reproduction et traduction réservées)

LES MALHEURS
DE JOHN BULL

I

DARMOZAN

Ce fut la faute d'un Anglais.

Maxime Darnozan venait de faire naufrage sur les côtes de la Nouvelle-Zélande. L'équipage de la *Suzanne* avait péri tout entier dans la catastrophe, sauf cet homme extraordinaire qui put nager pendant près de cinq heures et aborder en lieu sûr.

Ayant eu la précaution, pendant que le navire coulait, de prendre sur lui, dans une ceinture, l'argent qu'il possédait, Maxime ne se trouva pas sans ressources, à Auckland. Il n'y séjourna, du reste, que le temps d'attendre un vapeur. Et, trois jours après, il partait pour San Francisco, sur le *Lapwing,* de la Pacific mail steam ship Company.

On a mal raconté comment, grâce à une présence d'esprit extrêmement rare, il sauva le steamer pendant la traversée. Ce sont les journaux anglais qui, les premiers, parlèrent de ce fait, lorsque Darnozan commençait à les inquiéter, et, naturellement, avec leur bonne foi punique, ils ne se firent aucun scrupule de rabaisser son action qui, du reste, fut la première cause de ce qui arriva par la suite.

Le *Lapwing* faisait bonne route. Parti d'Auckland depuis quatre jours, il se trouvait par le travers des îles Kermadec, filant ses douze nœuds à l'heure. La mer était grognon et la brise rageuse.

De longues lames poussées par le vent dans le sens du navire semblaient marcher avec lui, et de temps à autre s'abattaient en masses énormes sur son arrière qui geignait.

Maxime, enveloppé dans son manteau, était à demi couché sur un banc de la dunette, à deux pas d'un groupe de trois personnes qui se garantissaient des paquets de mer à l'aide d'un vaste parapluie. Il faut être bien Anglais pour pousser l'amour du paraverse jusque-là.

L'un de ces trois personnages était lord Killyett, qui faisait le tour du monde pour achever l'éducation de sa fille, lady Helena, duchesse de Wentworth ; le second, James Wyndham, lieutenant en premier du *Lapwing,* et enfin le troisième, sir Nathaniel Robertson, général de brigade dans l'armée britannique.

Neuf heures du soir, pas de lune : pas même d'étoiles. Le bâtiment avait tous ses feux allumés. On n'aurait pas vu la terre à deux encâblures. Maxime, après s'être un peu redressé, s'accouda sur la lisse en fouillant du regard l'horizon. Tout à coup, il bondit sur l'homme qui tenait la roue du gouvernail, le renversa violemment sur le pont, et, tout en mettant la barre dessous avec sa force herculéenne, il cria en anglais :

— La barre à tribord ! tout ! navire du diable !

Et presque aussitôt, on vit s'avancer, gigantesque fantôme noir, un énorme trois-mâts qui, toutes voiles dehors, allait couper en deux le vapeur de la Pacific mail Company.

Fort heureusement, le *Lapwing* était sensible au gouvernail et obéit, comme un cheval, à Maxime. Il tourna brusquement à droite. L'autre bateau fit avec plus ou moins de hâte une manœuvre analogue, et l'on entendit sur l'arrière un craquement épouvantable.

Et ce furent des cris, des jurons, des *dam!* d'un bout à l'autre du vapeur. Il y eut un moment de désordre. Quelques matelots, soucieux de leur peau, sautèrent dans les embarcations, supposant que le navire allait couler.

Trois ou quatre passagères, parmi lesquelles lady Helena Killyett, arrivèrent sur la dunette en poussant des cris de désespérées. Le capitaine accourut de son côté pendant que, du haut de la passerelle, l'officier de quart commandait une manœuvre et ordonnait aux matelots par trop peureux de descendre des canots, sous peine de recevoir des coups de garcette.

Entre temps, le trois-mâts se perdait dans la nuit, et l'on entendait à son bord le même hourvari que sur le pont du *Lapwing*.

Maxime Darnozan avait remis le bâtiment dans sa route et fait des excuses sommaires au marin si rudement bousculé par lui, puis il avait examiné les avaries.

— *Much ado about nothing*, dit-il en souriant au capitaine, qui demandait la cause de tout ce vacarme.

— Grâce à monsieur, dit alors le premier lieutenant Wyndham.

— Comment?

— Monsieur a vu le premier, et j'ose dire le seul, ce gros navire qui allait nous couper en deux, et si, au lieu d'agir, il se fût contenté d'avertir et de crier, nous serions en perdition à l'heure qu'il est.

— Vous exagérez, fit Maxime avec modestie, je n'ai rien fait là que de très ordinaire.

— Vous nous avez sauvé la vie à tous! s'écria le général Robertson.

On entoura Maxime, on le remercia, on lui fit fête, et puis tout reprit à bord son allure accoutumée.

Darnozan, certes, ne s'était pas fait valoir, et il en est beaucoup, même parmi les Anglais, qui, à sa place, eussent pris des airs infiniment supérieurs. Lui resta modeste et froid. Seulement, il pensait que les passagers, sans le combler d'égards, eussent pu en user gracieusement avec lui.

Or, voici ce qui se passa le lendemain, dans l'après-midi. Le temps était plus doux que la veille, et la mer moins creuse. Le général Nathaniel Robertson, lord Killyett, sa fille et deux autres passagers lunchaient sur la dunette et babillaient en lunchant : car les Anglais, avec leurs airs rogues et raides, sont d'intarissables bavards, qui ne le cèdent sur ce point qu'aux Anglaises.

Lord Killyett avait la parole, et ce qu'il disait intéressait sans doute ses auditeurs, car ils s'étaient rapprochés de lui et l'écoutaient avec avidité. D'autre part, le narrateur paraissait convaincu qu'il s'agissait de choses importantes, car pour n'être pas compris des matelots ou officiers subalternes, il parlait en français.

— Oui, disait-il, l'Europe et M. de Bismarck lui-même seraient bien étonnés s'ils apprenaient que la campagne égyptienne, depuis le *prononciamento* d'Arabi jusqu'à la victoire de de Tell-el-Kébir, n'a été qu'une comédie, dont tous les détails étaient convenus et réglés à l'avance.

— Comment! Arabi a été...

— Un compère, pas autre chose.

Juste à ce moment, Maxime Darnozan arrivait sur la dunette. Il entendit ces derniers mots et dressa l'oreille. Soit que lord Killyett ignorât la nationalité de Maxime, soit qu'il le considérât comme un personnage de trop peu d'importance pour se gêner devant lui, la conversation continua.

Le noble lord était un homme considérable en Angleterre. Il avait été vice-roi de l'Inde, et deux fois chancelier de l'Échiquier. Des raisons d'un caractère privé et tout à fait respectable l'avaient éloigné de la politique militante; mais il conservait les plus étroites relations avec les hommes d'État du Royaume-Uni, et principalement avec les diplomates, qui le regardaient comme un homme éminent.

Cette haute situation, l'expérience du duc qui avait parcouru l'univers dans tous les sens et que les rois, disait-on, se plaisaient à consulter, donnaient à lord Killyett une autorité incontestable, et on le savait trop sérieux pour avancer un fait qu'il n'aurait pas été en mesure de prouver.

C'est pourquoi le propos qu'il venait de tenir acquérait en sa bouche une importance indiscutable. Le fait qu'il venait d'avancer pouvait être considéré comme officiel.

— Tout bon Anglais, continua-t-il, tout intelligent sujet de Sa Majesté, sait depuis longtemps que le canal de Suez devait être un jour à nous. Avec lenteur, mais avec prudence, les gouvernements de lord Beaconsfield, comme celui de M. Gladstone, avaient préparé la chose.

— Ah! oui, Chypre.

— Précisément. L'Angleterre voulait, avant de mettre la main sur le Canal, être en état de le protéger efficacement, si c'était nécessaire. Elle avait Malte. Elle avait Gibraltar, il lui fallait Chypre. Elle la prit, vous savez comment. Tout ceci, du reste, est de l'histoire ancienne.

Mais ce qu'on ignore peut-être, c'est que le gouvernement de la Reine avait fait pressentir

le khédive Ismaïl pour savoir s'il voudrait bien
nous aider, le moment venu, à nous emparer de
la route des Indes.

— Ismaïl refusa? demanda sir Nathaniel.

— Le khédive, qui avait toujours besoin
d'argent, — et que nous comptions prendre par
là, — nous vendit bien, moyennant une grosse
somme, les actions du Canal qu'il avait en sa
possession; mais il était trop intelligent pour ne
pas comprendre qu'une fois chez lui nous y
serions les maîtres. Pour le reste, il fit donc la
sourde oreille. Nous l'attendions à la fin de son
argent. Vous savez ce qui arriva. Ismaïl fut
déposé, avec l'aide de la France qui nous prêta
bénévolement son assistance, et naïvement son
concours, et nous installâmes sur le trône
Mehemet Tewfick, prince idiot et sans valeur,
qui devait être comme une pâte molle dans nos
mains.

— Est-ce que le nouveau khédive résista,
quand il fut sur le trône?

— Pas le moins du monde.

— Mais alors, quelle nécessité de mettre
Arabi en avant ?

1.

— Je vais vous le dire, fit lord Killyet. Au moment même de saisir notre proie, nous pouvions ne pas trouver notre alliée, la France, disposée à faire nos volontés...

— Ce qui est assez naturel, milord, convenez-en, dit en riant le général.

— Aussi l'avions-nous tout d'abord embarquée dans l'aventure, grâce à la bonne foi quelque peu inexpérimentée de M. Gambetta.

C'est alors qu'on inventa les colonels et leurs *pronunciamentos*. M. Gambetta parla de réduire les rebelles et fut le premier à proposer l'expédition.

Cela ne faisait pas notre affaire. Nous savions que le Grand Ministère pouvait tomber d'un moment à l'autre, et nous poussâmes un peu à la roue.

Quand Gambetta fut descendu du pouvoir, nous déclarâmes que nous étions prêts à marcher avec la France; mais celle-ci ne voulait plus, et nous le savions bien. Arabi et ses amis jouèrent si bien leurs rôles que l'Égypte fut réellement divisée en deux partis. Nous allâmes combattre Arabi. Le Parlement français, adroi-

tement mis en défiance par nous-mêmes, empê-
cha le ministère de nous suivre.

On écoutait religieusement lord Killyett.
Malgré la singularité des révélations que ses
auditeurs entendaient, ils ne doutaient pas un
seul instant de leur exactitude, et ils avaient
raison.

Maxime Darnozan s'était assis sur le banc, à
la même place que la veille, et il écoutait, lui
aussi, avec un vif intérêt, sans perdre un mot de
ce que disait le lord.

Lady Killyett interrompit son père.

— Mais si les Français, dit-elle, n'avaient
pas eu peur de s'embarquer dans une aventure,
comme ils l'ont tant répété, et s'ils étaient venus en Égypte avec les Anglais, que serait-il
advenu?

— Il serait arrivé, lady Helena, que M. de
Bismarck aurait peut-être voulu profiter de
l'occasion pour s'assurer qu'il y a encore des
milliards en France, et le cabinet de Paris
aurait été forcé de rappeler ses troupes.

— *All right!* fit sir Nathaniel Robertson en
souriant. Et alors?

— Les Français n'ont pas voulu nous suivre, reprit le duc, et ils ont agi sagement à bien des points de vue... surtout au nôtre. Nous sommes allés seuls en Égypte, et comme il fallait avoir l'air de faire quelque chose, nous avons bombardé Alexandrie ; mais, après avoir attendu qu'Arabi l'eût abandonnée. Il avait ses ordres, et les a, d'ailleurs, ponctuellement exécutés. Vous savez qu'il n'a coupé ni le chemin de fer, ni le Canal. Vous savez qu'après un demi-succès obtenu par lui à Gassassine, et qui était destiné à donner une émotion à l'Europe, le général Garnet Wolseley a livré la bataille de Tell-el-Kébir, au commencement de laquelle Arabi, dont le rôle était fini, s'en est allé tranquillement au Caire, où il s'est laissé faire prisonnier sans opposer la moindre résistance, sachant bien qu'il ne lui serait rien fait... à moins...

Lord Killyett s'arrêta.

— A moins ?... interrogea sa fille un peu inquiète.

— A moins que des nécessités impérieuses ne nous eussent obligés à le sacrifier.

— Oh! père! fit lady Helena sur un ton de reproche.

— Que voulez-vous! c'est de la politique, cela, et les sentiments n'ont rien à voir avec la politique. Mais enfin, tout, s'est bien passé : notre partner est aujourd'hui à Ceylan, riche et heureux. Cela nous a peut-être coûté cher, mais plaie d'argent, comme disent les Français...

— Si, je vous comprends, milord, dit tout à coup Maxime Darnozan, qui s'était levé et rapproché du groupe, il faut aussi compter au nombre des nécessités impérieuses les massacres d'Alexandrie que vous avez suscités.

Maxime avait parlé sur le ton de l'indignation. Lord Killyet se retourna lentement, puis, après l'avoir toisé, prit sur la table une soucoupe ayant contenu du beurre, et, la tendant à Darnozan :

— Mon ami, lui dit-il, vous êtes sans doute le stewart, pour vous permettre de nous parler sans nous avoir été présenté. Faites-moi donc l'amitié de porter ceci à l'office.

Le lord était de petite taille et Maxime pouvait passer pour un homme de haute stature.

A peine le premier avait-il fini de prononcer son insolente phrase, que la malencontreuse soucoupe était dans la mer. Le duc alors voulut se lever, mais il n'en eut pas le temps. Darnozan l'avait pris à la ceinture, enlevé comme une plume, et allait, dans sa légitime et profonde colère, l'envoyer rejoindre l'assiette au beurre. quand lady Helena, épouvantée, s'élança vers son père et s'écria :

— Ah! monsieur Darnozan! monsieur Darnozan!

Elle parlait anglais, cette fois. Maxime regarda la jeune fille et parut hésiter; puis il replaça lord Killyet sur sa chaise en l'y asseyant de force, et dit :

— Je ne sais si je dois vous permettre de me parler, mademoiselle, car vous ne m'avez pas été présentée... mais que votre père vous rende grâce, vous venez de lui sauver la vie.

Maxime salua lady Helena et descendit dans sa cabine. Le soir, il ne parut pas au dîner.

Le capitaine du *Lapwing* était fort mécontent de ce qui venait d'arriver. Il blâmait lord

Killyet et fit même une démarche auprès de Maxime pour le prier de venir à table.

— Non, capitaine, je vous remercie, répondit Darnozan; je suis incapable de manger.

— Voyons! voyons! vous n'allez pas rendre tout le bâtiment responsable de l'insulte que vous a faite un vieux sot? Personne ici ne l'approuve.

— Je vous crois, monsieur; mais, je vous en prie, laissez-moi seul, c'est encore le meilleur remède à ma mauvaise humeur.

Force fut au capitaine de se retirer. Dans la soirée, celui-ci aborda lord Killyett et ne lui cacha pas sa façon de penser.

— Nous ne sommes pas ici en Angleterre, où les plus ridicules usages sont ceux auxquels on tient le plus, dit-il.

— Qu'est-ce à dire? demanda le lord d'un ton hautain.

Mais le marin n'était pas homme à s'intimider. Américain d'antique souche, il se souciait fort peu des vieilles formules des Trois-Royaumes.

— Je prétends, répondit-il, que, lorsqu'on

voyage, on devrait laisser chez soi des préjugés
et des façons qui ne cadrent pas avec les
mœurs des autres peuples.

— Je suis seul juge...

— Oh! permettez : si M. Darnozan vous avait
jeté à la mer, je serais fort ennuyé... d'avoir à
le faire passer devant un tribunal maritime ou
de le mettre aux fers, lui qui nous a sauvé, il n'y
a pas vingt-quatre heures.

— Oh! sauvé...

— Oui, monsieur, sauvé tous! vous et votre
fille comme les autres, et vous le savez bien!

— Vous le prenez sur un ton...

— Sur le ton du maître, oui, milord, car
n'oubliez pas que vous n'êtes ici qu'un passager, et puisque vous avez été commodore,
vous devriez être le premier à donner le bon
exemple. Vous devriez, répudiant un orgueil
déplorable, témoigner à ce jeune homme
quelque regret d'un moment d'emportement.

— Moi?...

— Oui, vous! Du reste, ceci n'est qu'un conseil, mais vous auriez tort de ne pas le suivre :
car, ou je me trompe fort, ou M. Darnozan vous

gardera une rancune dont vous pourriez subir quelque jour les effets.

Lord Killyett éclata de rire comme un homme trop haut placé pour que Maxime pût jamais l'atteindre.

Le capitaine lui tourna le dos et la conversation en resta là.

Darnozan cuvait sa colère et ruminait sa vengeance. De la nuit, il ne ferma l'œil. Le matin, quand il sortit de sa cabine, il chercha le capitaine et lui dit :

— Je tiens à vous remercier encore, et sincèrement, des bonnes paroles que vous m'avez apportées hier soir. Je vous en suis profondément reconnaissant, et je voudrais avoir une occasion de vous le prouver. Mais ce sera sans doute pour plus tard. En ce moment je veux, au contraire, vous demander un service.

— Lequel ? parlez.

— Faites-moi l'amitié de me présenter à lord Killyett.

Le capitaine regarda Maxime dans les yeux.

— Oh ! rassurez-vous, fit celui-ci, je ne veux plus le jeter à la mer.

— Soit ! venez, mais à une condition, c'est que j'assisterai à l'entretien.

— Je ne demande pas mieux.

Le capitaine comptait que Darnozan allait dire quelque cruelle parole au commodore, mais, dans le fond, il n'était pas fâché de voir ça.

C'est pourquoi il ne demanda même pas l'avis du lord. Il prit seulement la précaution de se faire annoncer par le stewart.

Lord Killyett occupait, tout à fait à l'arrière du navire, un petit appartement composé de deux cabines assez vastes, et d'un petit salon fort coquettement meublé.

C'est dans ce salon qu'il reçut les visiteurs.

Dès que ceux-ci furent entrés, le capitaine fit la présentation comme il l'avait promis. Nous n'avons pas besoin de dire que lord Killyett ne fut pas médiocrement surpris de cet incident.

Son étonnement fit naître un sourire malicieux sur les lèvres du capitaine, qui pourtant ne s'attendait pas à ce que Maxime allait dire.

Darnozan s'était habillé avec une certaine recherche et avait fort bon air.

— Milord, dit-il, je suis pénétré de gratitude pour le capitaine qui, m'ayant présenté
à vous, m'a mis en situation de vous adres-
ser une requête qui, je l'espère, sera bien ac-
cueillie.

— Je vous écoute, monsieur, dit le duc avec
une froideur rancunière.

— Milord Killyett, duc de Wentworth, pair
d'Angleterre, je vous prie d'écouter. Je suis
né, d'un père français et d'une mère russe, sur
un navire américain, ce qui fait que je ne sais pas
au juste à quelle nationalité j'appartiens. Si je
ne consultais que mes goûts, mon choix serait
bientôt fait...

— Je pense, monsieur, que vous n'êtes pas
venu pour me raconter vos affaires ?

— Peut-être...

— En ce cas, au fait, monsieur.

— J'y arrive, milord. Hier, vous m'avez
gratuitement et grossièrement insulté...

— Grossièrement ? Je vous prie de choisir
vos expressions.

— C'est parce que je les ai très soigneu-
sement choisies que je les emploie. Mais laiss-

sez-moi continuer : je vous ai voué une haine durable. .

— Ah !

— Et la haine d'un homme comme moi n'est pas de celles dont un Anglais prudent doive faire fi.

— Vraiment !

— C'est comme j'ai l'honneur de vous le dire, ajouta Maxime, qui souriait de l'air d'un homme parfaitement maître de soi, et très résolu en même temps. Il y a pour vous, milord, un moyen de vous soustraire à la vengeance que j'ai l'intention d'exercer.

— Et... ce moyen ?

Maxime s'inclina profondément, releva la tête, et, plantant ses deux yeux dans les yeux du commodore, dit en souriant toujours :

— J'ai l'honneur de vous demander la main de lady Helena, votre fille.

Le duc était diplomate et marin ; il se croyait familiarisé avec les émotions les plus impro-bables et les événements les plus inattendus ; mais une pareille prétention, de la part d'un homme qu'il ne connaissait pas, le démonta complètement. Il fut un moment sans répondre, tant l'indignation le suffoquait.

Quant au capitaine, il s'attendait à quelque chose d'énorme. Cependant, il n'aurait jamais imaginé pareille demande, et son sourire avait disparu pour faire place à la plus visible des stupeurs.

Maxime était toujours planté en point d'inter-rogation devant lord Killyett, et attendait sa réponse. L'Anglais, au bout de quelques mi-nutes, retrouva la parole.

— Monsieur, dit-il, vous êtes un homme d'esprit et je vous fais mon compliment; la plaisanterie est pleine d'humour. Vous avez une manière très fine de désarmer ma colère, et je ne vous en veux pas.

Lord Killyett n'en voulait pas à Maxime!

Pour le coup, le capitaine faillit tomber à la renverse; mais Darnozan ne se laissa pas désarçonner.

— Vous êtes bien bon de me pardonner, dit-il. Je ne voudrais pourtant pas que vous vous abusiez plus longtemps. Ma demande est on ne peut plus sérieuse, et vous connais-

sez mes conditions. Je vous conjure de me
donner une réponse affirmative ou négative.

— Monsieur, dit le noble lord, ma fille est
d'une maison qui, si elle ne prend pas ses
alliances en Angleterre, veut pour ses héri-
tières des princes ou des rois. Vous n'êtes
seulement pas noble !

— Oh ! mon Dieu ! dit négligemment le
jeune homme, en mettant une apostrophe
après le *d* de mon nom, je ferais un gentil-
homme fort présentable.

— J'ai dit des princes ou des rois, reprit le
lord avec une fureur froide.

— Qu'à cela ne tienne, milord, dit Maxime,
je ne tiens pas à me marier séance tenante.
Dans six mois, je serai prince, si vous l'exigez,
et même roi, si c'est nécessaire, voire empereur. Cela vous va-t-il ?

Lord Killyett et le capitaine regardèrent
Darnozan, qui ajouta :

— Ma parole d'honneur ! messieurs.

— Je ne puis en entendre davantage, dit le
duc, et je vous remercie de votre visite.

C'était un congé.

— Ainsi vous refusez, milord?

Le commodore prit un air de dédaigneuse condescendance et répondit :

— Oui, monsieur, je refuse.

— Vous l'entendez, capitaine! s'écria Darnozan, lord Killyett me refuse la main de sa fille, et vous pourrez en témoigner, n'est-ce pas ?

— Certes ! fit le capitaine avec conviction.

— Je souhaite que Dieu vous donne une longue vie, capitaine, car vous êtes un brave homme, et dans l'avenir comptez sur moi, lorsque viendront pour vous les circonstances difficiles. Salut ! milord.

Maxime se retira.

Quand le duc et le capitaine se trouvèrent seuls, le maître, après Dieu, du *Lapwing*, à qui l'attitude de Maxime en avait imposé, dit au père d'Helena :

— Vous avez eu tort, milord, ce gaillard-là est quelque prince du sang déguisé.

— Ce gaillard-là est un insolent, répondit le noble lord, faites-moi le plaisir de ne plus me parler de lui.

Quinze à dix-huit jours après, le *Lapwing*
arrivait à San Francisco. Pendant la traversée,
depuis le moment où Maxime avait fait sa singulière demande en mariage, il n'avait plus été
question de rien. Une fois seulement, le capitaine, M. Ellis, dit en riant à Darnozan :

— Eh bien ! voulez-vous toujours épouser
lady Helena ?

— Toujours ! répondit le jeune homme en
souriant aussi, et vous verrez qu'un jour lord
Killyett viendra m'offrir sa main avec toute
sorte de respects. Mais peut-être alors sera-t-il
trop tard.

— Elle est fort jolie, lady Helena.

— Oui, pas mal. Pourtant, il y a mieux,
même en Angleterre.

— Elle sera très riche.

— Oh ! ça, je m'en soucie comme d'un pois-
son volant. En demandant la main de lady
Helena, je veux offrir à son père l'occasion de
réparer l'outrage qu'il m'a fait, et s'il n'y consent pas, il arrivera des choses... Je vous
assure, capitaine, qu'il s'en repentira très amè-
rement.

Il n'avait plus été parlé de cela jusqu'à l'atterrissage. Le lord, la jeune fille, le général Robertson, qui formaient un clan à part, s'étaient tenus sur une grande réserve à l'égard des autres passagers.

Maxime, lui, n'avait en rien changé sa façon d'être. Il n'évitait ni ne recherchait le duc, non plus que sa fille, et quand, par hasard, il avait un avis à émettre, il ne se gênait pas.

Lord Killyett, qui, malgré tout, se souvenait parfaitement d'avoir été suspendu sur la mer d'où on ne l'eût pas tiré probablement, avait rentré sa morgue et arrondi ses angles.

Au moment de débarquer, Darnozan laissa passer lady Killyett, le commodore et Robertson. Ce dernier, qui était sans doute dans la confidence, salua Maxime avec une teinte d'ironie.

— Adieu, monsieur, lui dit-il.

— Oh! général, nous nous reverrons; et prochainement peut-être. Oui, oui, nous nous reverrons tous, j'espère. C'est pourquoi je ne vous dis pas adieu, moi.

Lord Killyett passa raide et hautain. La jeune fille regarda Maxime d'un œil fort

aimable, et le trio alla s'installer dans Mont-
gommery, où une maison avait été louée et
meublée pour le duc et sa fille.

Darnozan, lui, descendit au premier hôtel
venu. En partant d'Auckland, son intention
était de ne pas séjourner vingt-quatre heures
à San Francisco; mais l'aventure du *Lapwing*
avait modifié ses projets. Il s'y installa pour
quelque temps.

San Francisco est, par excellence, la ville des
aventuriers. On ne saurait énumérer les gens
qui, depuis trente ans, ont débarqué en Californie, avec l'intention formelle de faire fortune
per fas et nefas; il serait impossible d'imaginer
le courage dépensé, la somme d'énergie physique et morale apportée sur ce coin de terre.
Et l'historien qui pourrait conter les actes d'héroïsme, les infamies, les folies, les témérités
et les crimes qui se sont donné carrière à San
Francisco et dans les pays environnants pendant un quart de siècle, n'aurait pas assez de
cent volumes pour écrire le livre le plus curieux
que l'on pût faire.

Oui, ce serait plus saisissant que la *Divine*

Comédie elle-même, plus intéressant que le *Pantagruel,* que le théâtre de Shakspere et que l'œuvre gigantesque de Balzac. Jugez donc, la ville s'est fondée, a été détruite, rebâtie, redétruite, s'est développée, assise, et est devenue une puissante métropole en moins de vingt-cinq ans.

Qu'on se figure, si l'on peut, ce qui a dû se passer dans l'alambic, où tous les éléments constitutifs d'une société se sont combinés en si peu de temps, et ont produit une ville aussi honnête que les autres.

Il n'en est pas moins vrai que les fils des hommes qui fondèrent San Francisco ont du sang d'aventurier dans les veines. Il ne doit donc pas être bien difficile de trouver parmi ceux dont les pères n'ont pas aussi bien réussi que les autres ou qui, eux-mêmes, ont vu mal tourner leurs efforts, des hommes capables de toutes les audaces, que la grande flibuste n'effraye pas, et qui semblent faits exprès pour les coups de main.

Maxime savait cela : car, dans sa carrière de marin, il était venu souvent en Californie, et il

y avait noué des relations d'affaires avec beaucoup de monde;

Les portes où l'on pouvait frapper avec la
presque certitude de trouver des compagnons
hardis lui étaient connues.

Il ne perdit pas de temps. En quinze jours il
eut composé une petite troupe de cinquante
hommes, n'ayant pas plus de vingt-cinq à
trente ans, et dont le moins vaillant s'était
rendu célèbre dans la ville, par trois ou quatre
actions d'éclat.

Mais ce n'était pas tout que d'avoir des
hommes : il fallait aussi de l'argent, pour ce
que Darnozan voulait faire.

Heureusement, il connaissait le tempérament
aventureux de ces Américains, qui savent risquer cent pour gagner mille.

Il se présenta donc dans l'office d'un banquier, avec qui, autrefois, il était allé en Europe, et qu'il avait retrouvé ensuite à Paris.

Après les compliments d'usage, il pria le
banquier de l'écouter et lui dit :

— J'ai besoin de vingt mille dollars, pouvez-
vous me les fournir ?

— Oui, répondit le financier, si vous me donnez une garantie, ou si vous me faites entrevoir un bénéfice plus ou moins considérable. Dans le premier cas, c'est-à-dire contre une garantie, je vous les donnerai, à huit, dix ou douze pour cent l'an, ce qui est, vous le savez, le taux de l'intérêt à San Francisco.

— Je n'ai d'autre garantie à vous offrir que ma parole et ma signature.

— Fort bien. Vous allez me dire alors quels sont vos projets, et je verrai si je peux vous commanditer. En ce cas, vous me donneriez la moitié des bénéfices, ou bien soixante-quinze pour cent l'an.

— Écoutez-moi, reprit Maxime, je veux faire la guerre à l'Angleterre. Ne me prenez pas pour un fou. Si je vous expliquais mon plan, vous tomberiez vite d'accord avec moi que le succès est possible.

— En Amérique, nous admettons tout. Je crois donc que vous pouvez réussir. Seulement, ce n'est pas avec cent mille francs que vous engagerez une semblable partie ?

— Évidemment ! mais les vingt mille dollars

que je vous demande sont simplement destinés à me faciliter l'acquisition des sommes dont j'ai besoin pour commencer les hostilités. Je vous demande deux ans pour vous rendre cette somme, et j'accepte l'intérêt à soixante-quinze pour cent.

— Voulez-vous entrer dans quelques détails, pour lesquels je vous promets, d'ailleurs, le secret absolu ?

— J'y compte, car ceux dont je veux faire mes officiers ne sauront tout qu'en Europe et au moment de l'action.

Maxime détailla alors, en une demi-heure, le plan qu'il avait conçu.

Il n'avait pas fini, que M. Thompson, le banquier, l'arrêtait.

— Les vingt mille dollars, dit-il, trente mille, même, sont dès à présent à votre disposition. Je considère l'opération comme tout à fait excellente. Combien voulez-vous?

— Puisque vous ne voyez aucun inconvénient à me prêter trente mille dollars, je les prendrai.

— Quand ?

— Demain.

Tel fut le point de départ définitif de cette étonnante aventure qui bouleversa la face du monde, et qui mit en face de l'Angleterre, à la fin du XIXᵉ siècle, un ennemi aussi prodigieusement doué que l'avait été, au commencement, l'homme gigantesque dont l'armée s'était promenée d'un bout de l'Europe à l'autre.

Seulement, Napoléon n'avait jamais pu atteindre l'Angleterre dans ses œuvres vives, c'est-à-dire sur le sol britannique même, tandis que Maxime Darnozan alla l'attaquer en Irlande, en Écosse, et jusqu'à Londres même.

II

LE ROI DE POLA

Le lendemain, Maxime, à l'aide des sommes prêtées par Thompson, loua un bateau à vapeur pour un an et y embarqua son monde, quarante-deux compagnons en tout, huit d'entre

eux ayant refusé de le suivre, au dernier moment.

Dès qu'il fut en pleine mer, Darnozan se
dirigea vers le Sud, passa l'Équateur et se rapprocha de la côte. Par le travers de l'embouchure du Guayaquil, il rassembla tous ses compagnons dans la chambre du *Monterey*.

— Jusqu'ici, mes amis, leur dit-il, vous vous
en êtes rapportés à ma parole, quand je vous ai
promis de vous donner en peu de temps gloire
et fortune.

— C'est vrai, dit un grand gaillard, Russe
d'origine, qui s'appelait Nicolas Ramine, et qui
portait comme un soleil une immense barbe
blonde en éventail.

— Je vous remercie de cette confiance et je
vous prie de m'écouter.

« Il y a vingt-huit mois environ, j'étais venu à
Guayaquil, à bord de la *Suzanne*, en qualité de
second, et nous y restâmes trois semaines, le
temps de charger notre navire.

« L'idée me vint un jour d'aller visiter Quito,
l'ancienne capitale de la République, et j'y étais
depuis vingt-quatre heures, lorsque dans la

soirée, à neuf heures, pendant le marché, mon attention fut attirée par une querelle. Vous savez, je pense, que dans tous ces pays de la Nouvelle-Grenade et de l'Équateur, personne ne met le nez dehors entre neuf heures du matin et sept heures du soir, tant la chaleur est suffocante. Les marchés se tiennent donc entre huit et onze heures du soir.

Un Indien, qui vendait de ces admirables chapeaux de paille auxquels on a donné le nom générique de panamas, était entouré par une douzaine de soldats déguenillés, à qui l'on a toujours soin de montrer un pistolet quand on les rencontre dans un endroit écarté.

Ils avaient probablement vu le pauvre Indien vendre quelques chapeaux, et ils s'étaient mis en tête sans doute de le dévaliser, sans daigner aller l'attendre au coin d'un bois. Une querelle d'Allemand fut bientôt cherchée, trouvée, et nos drôles serraient de près le pauvre homme.

Si ce dernier eût été seul contre un de ces soldats bandits, l'affaire n'eût pas été longue. C'était un homme de quarante-cinq ans environ, aux épaules robustes, à la taille élevée, et dont

les traits respiraient une véritable majesté.
Certes, il paraissait courageux, et il l'était : car,
malgré le nombre des assistants, il se mit en
posture de se défendre et donna une rude
taloche au premier qui mit la main sur lui.

Ce fut le signal d'une violente bousculade
pendant laquelle le malheureux indigène s'aperçut que ses poches étaient l'objectif des gredins
à qui il avait affaire. Alors il se mit à taper
plus fort et à crier comme un aveugle. La foule
assistait gouailleuse à cette infamie. Qu'était-ce
en effet ? Un éternel opprimé dans l'exercice de
ses fonctions.

— Moi ! s'écria un jeune homme nommé
Pontins, j'aurais cassé la tête à trois ou quatre
de ces drôles.

— Je suis enchanté que vous soyez de mon
avis, Pontins. Je m'élançai vers le groupe des
soldats, j'en pris un par la nuque et le poussai
si violemment sur un second qu'ils tombèrent
tous les deux en saignant du nez. Et ils se
mirent à pousser des cris comme s'ils eussent été
éventrés. Les autres, un moment interloqués,
lâchèrent l'Indien, prêts à fuir. Mais quand ils

virent que j'étais seul, ils se ruèrent sur moi. J'avais à la main, en manière de canne, une grosse liane à qui j'imprimai un vif mouvement de rotation, et par deux fois mon bâton s'abattit lourdement sur le crâne d'un soldat.

Il y eut une hésitation marquée chez les assaillants. Ils revinrent pourtant à la charge ; mais je leur adressai de si vigoureux coups de poing et de si remarquables coups de pied, que toute la meute enragée, à laquelle s'était jointe la garnison entière, composée de vingt-trois hommes, prit la fuite.

Ah ! si les officiers s'en étaient mêlés, j'étais perdu, car ils étaient au moins huit cents, dont cent cinquante généraux et deux cents colonels. Mais ils ne s'en mêlèrent pas, et mon Indien fut débarrassé de ses persécuteurs.

Ce brave homme vint alors à moi, et, me prenant la main, la porta à ses lèvres et à son front.

Et comme je lui conseillais de quitter le marché et de rentrer chez lui, il fit de la tête un signe négatif.

— Je n'y arriverais pas vivant, dit-il.

— Quoi ! tu crois que ces lâches polissons vont te tendre un guet-apens ?

— J'en suis sûr.

— Eh bien ! je t'accompagne, lui dis-je, et, montrant avec affectation la paire de revolvers que j'avais dans mes poches, je partis avec mon protégé.

A quelque distance de la ville, nous vîmes se dresser devant nous cinq ou six personnages sur lesquels je lâchai quelques balles : tout s'évanouit et nous n'eûmes plus la moindre émotion jusqu'à la case de l'Indien.

C'était, comme toutes les habitations pauvres de ce pays-là, une cabane construite à la hauteur de quatre mètres au-dessus du sol, sur une carcasse de quatre poteaux assez volumineux.

Au-dessous de la case se tenaient une quinzaine de chiens, qui aboyèrent avec fureur en nous entendant approcher ; mais le bonhomme fit entendre un petit cri et ils se turent.

Une échelle de corde jetée par une main invisible tomba du belvédère, et nous montâmes chez mon nouvel ami. Quand nous y fûmes, le marchand de chapeaux de paille alluma une branche de bois extrêmement résineux qui jeta soudain une vive clarté. Je distinguai alors, dans l'unique pièce constituant la maison, une femme encore jeune, qui venait de s'éveiller, et deux enfants qui dormaient.

— Ata-Capac, dit l'Indien avec une certaine solennité, est fier de recevoir ici l'homme généreux qui l'a protégé. La case, la femme et les enfants d'Ata-Capac et Ata-Capac lui-même, sont à ta disposition, tu peux en disposer.

— Ata-Capac, répondis-je, est un brave homme, et je suis heureux de lui avoir été utile.

— L'ami d'Ata-Capac veut-il prendre du maté ou de la *Chicha?*

— L'ami d'Ata-Capac, répondis-je, est fatigué et voudrait dormir.

Nous avions longtemps marché dans la nuit, et j'étais harassé. Mon hôte étendit plusieurs nattes les unes sur les autres, et je me couchai.

Il faisait grand jour, le lendemain matin, quand je m'éveillai. Ata-Capac était là. Pendant que je me mettais sur mes pieds, il me regardait attentivement. Mais quand je me tournai vers l'unique fenêtre de l'habitation et que la lumière du soleil frappa mon visage, l'Indien poussa un grand cri et s'inclina devant moi. Puis, se redressant :

— Oui ! s'écria-t-il, cet homme est brave, il est beau, il a les signes annoncés par le soleil.

Ata-Capac était radieux. Reculant de trois ou quatre pas, il prit une attitude théâtrale et enfla la voix en disant :

— Veux-tu être roi?

Je souris et lui déclarai que le rang suprème ne me tentait pas.

Il sourit à son tour en disant :

— Les temps ne sont pas venus. Quand tu voudras être roi, souviens-toi d'Ata-Capac et viens le trouver.

— Bon, me disais-je en m'en allant, je suis tombé sur un fou.

Rentré à Guayaquil vers neuf heures et demie du matin, c'est-à-dire à l'heure où il n'y a plus dans les rues que des chiens et des Français, j'allai voir un de mes amis qui, dès qu'il m'aperçut, me dit avec une pointe d'ironie :

— Eh bien ! que dites-vous de l'Inca?

— L'Inca?

— Oui, Ata-Capac est, ou, du moins, se prétend le dernier descendant des Incas, et il attend que l'heure sonne de remonter sur le trône de ses pères.

— N'est-il pas un peu timbré?

— Pas plus qu'un autre. On le dit sorcier. Il lit la destinée des gens dans les astres et il est en communication directe avec le Soleil et la Lune.

— Il a surtout l'air d'un bien brave homme. Qu'en pense-t-on dans le pays?

— Tout et rien.

— Qu'est-ce que c'est que tout?

— Les Indiens lui obéissent comme à un chef suprême et, demain, il voudrait les pousser à une insurrection que ce serait tôt fait. Mais on croit qu'il attend le moment favorable et marqué par les destins. Il y a des gens intelligents et instruits qui supposent qu'il a le secret du trésor de l'Inca.

— Eh! eh! m'écriai-je en répétant les dernières paroles de mon ami, le secret du trésor de l'Inca! Cela sent diablement la légende. Contez-moi ça.

— Vous savez que l'Inca Atahualpa offrit à Pizarre une chambre pleine d'or à hauteur d'une raie qu'il traça sur la muraille aussi haut que sa taille le lui permettait, sous condition qu'il aurait la vie sauve.

« Pizarre prit l'or et assassina l'Inca.

« Huascar, le frère de ce dernier, avait offert aux mêmes conditions une chambre contenant de l'or, du plancher au plafond. Mais quand il vit qu'on tuait Atahualpa...

— Attendez, interrompis-je..., il cacha son trésor, et la légende veut qu'une famille d'Indiens sache l'endroit où il a été enfoui.

— Vous y êtes.

— J'ai lu cela, je crois, dans les œuvres de l'historien américain Prescott.

— Possible. Eh bien ! l'on croit qu'Ata-Capac est le dépositaire du secret.

Je souris et n'y pensai plus..... jusqu'à ces jours-ci.

— Messieurs, nous allons voir Ata-Capac.

— Vous voulez donc être roi ? demanda Nicolas Ramine.

— Oui, fit Darnozan.

— Pourquoi faire?

— Vous le saurez en temps et lieu, si vous avez confiance en moi et si vous consentez toujours à me suivre.

— Et vous supposez, interrogea Pontins, qu'Ata-Capac vous livrera le trésor?

— Je ne suppose rien. Pour mettre à exécution les projets que j'ai formés, il me faut de l'argent; j'ai dans l'idée que le brave Indien peut me donner ou des millions ou un bon conseil. C'est pour cela que je vais le voir.

Huit jours après, Maxime Darnozan arrivait à Quito et se rendait auprès de l'Inca. Dès que le brave homme l'aperçut, il s'écria :

— Les temps sont venus! Tu veux être roi?

— Oui, répondit Maxime.

— Tu as bien fait de venir et d'avoir eu confiance. Il te faut de l'or, n'est-ce pas? J'en ai. Mais avant de te le donner, j'ai le devoir de te demander un serment.

— Quel serment?

— D'abord, qui sont ces quatre hommes?

Darnozan s'était fait accompagner par quelques-uns de ses compagnons.

— Ce sont les officiers qui doivent m'aider dans mon entreprise.

— Bien! dit Ata-Capac. Ils sont simplement vêtus ; ils ne sont pas chamarrés d'or ni écrasés par leurs épaulettes. Je les aime ainsi.

— Que faut-il jurer? demanda Maxime.

— Jure, reprit de son ton emphatique le bon Indien, jure que le jour où tu seras le plus puissant souverain du monde, tu viendras rétablir Ata-Capac sur le trône de ses aïeux.

— Je le jure, et de tout mon cœur, fit Darnozan.

— Et vous? demanda l'Inca, le jurez-vous aussi?

Chacun des compagnons de Maxime fit le serment à son tour. Ata-Capac alors leur dit :

— Venez.

Il les emmena dans la forêt vierge par un sentier difficile en apparence, mais que l'Indien devait pratiquer sans cesse. Après une demi-heure de marche, il s'arrêta sur le bord d'une petite rivière assez étroite, mais dont le cours, cas très rare, n'était obstrué par aucun obstacle.

A l'endroit même où il avait conduit Darno-

zan et ses quatre amis, existait une chute d'eau
d'une dizaine de mètres de hauteur, provenant
d'un ruisseau voisin.

Ata-Capac monta sur le rocher d'où tombait
la cascade, démolit à droite et à gauche de la
chute deux petites murailles en briques, et
alors l'eau, qui coulait en masse au milieu,
s'arrêta net pour se déverser des deux côtés
par les exutoires que venait de lui ouvrir l'Indien.

La roche, que l'eau cachait en tombant quelques secondes auparavant, resta tout à coup
à découvert. L'Indien y appliqua une espèce
d'échelle toute préparée, y monta, et, poussant
violemment la paroi, fit tourner en dedans un
quartier de basalte, qui se détacha comme par
enchantement.

Ata-Capac entra et invita Darnozan à le suivre.
Le trésor était là. Maxime ne fut point ébloui,
par la bonne raison que l'or des vases, des
plaques, des chaînes, était terni par le temps,
et il fallait savoir que c'était là de l'or pour se
faire une idée des richesses que renfermait la
mystérieuse cachette.

— Prends ce que tu voudras, dit Ata-Capac.

Darnozan ne pouvait se rendre un compte exact de ce qu'il fallait emporter pour la somme dont il avait besoin. Mais sachant ce que vaut un gramme d'or, il porta ou fit porter dehors environ deux mille kilogrammes du métal si précieux.

— En as-tu assez? demanda l'Indien.

— Oui.

— Du reste, s'il t'en faut encore, tu pourras revenir. Il y en a vingt fois autant.

Ata-Capac remit en place la pierre mobile, reconstruisit les petites murailles de chaque côté du sommet du roc, pour forcer la cascade à passer au milieu et à cacher l'ouverture de la cachette ; puis il revint vers Darnozan.

Celui-ci était fort embarrassé avec son trésor.

— Comment, disait-il à ses compagnons émerveillés, allons-nous transporter cet or? La chose est difficile, presque impossible.

— Non, dit Ata-Capac, voici qui vous y aidera.

Et, prenant une grande liane, qui pendait

à la portée de sa main, il la tira comme une corde. On vit alors un radeau parfaitement construit, de grandes dimensions et de sérieuse solidité, se mouvoir et se rapprocher de la berge.

— Ata-Capac sera Inca! je le jure de nouveau, fit Darnozan avec entraînement.

L'or fut embarqué sur le radeau.

— La rivière est libre jusqu'au Guayaquil, dit l'Indien. Une fois sur le grand fleuve...

— Nous répondons du reste.

Les aventuriers s'embarquèrent. Darnozan serra l'Inca sur son cœur avec effusion et lui dit :

— Comment reconnaîtrai-je jamais un pareil bienfait?

— Il n'y a pas de bienfait. Tu m'as sauvé la vie, et d'ailleurs tu as sur ton front les signes annoncés. Quand même tu ne m'aurais rendu aucun service, je devais obéir aux dieux en te donnant une part de mon trésor. Je suis l'arrière-descendant de l'héritier légitime de Huascar... Mais ne perdez pas de temps. Partez !

3.

Darnozan et ses amis s'embarquèrent, poussèrent au large, et, après sept heures d'une navigation assez difficile, aboutirent au Guayaquil, où les attendait le *Monterey*.

Ils reprirent aussitôt la mer, et en dix-huit journées atteignirent l'archipel des Navigateurs, prirent possession de l'île de Pola, où, sans une heure de retard, Maxime se fit proclamer roi par ceux qui l'avaient accompagné et qui, désormais, étaient indissolublement attachés à sa fortune.

Un ministère fut constitué aussitôt. Ce cabinet se composait de trois départements : la marine, attribuée à un jeune homme d'origine russe, nommé Kasaloff (Ivan), qui était animé d'une haine aveugle contre les Anglais ; la guerre, dont le titulaire se nommait Octave Kellner, un Alsacien, et enfin les affaires étrangères, dont fut investi le seul d'entre les hardis camarades de Maxime qui portât un nom aristocratique, M. le comte de Boislucas, dernier descendant d'une famille française établie au Canada du temps de Montcalm.

Avant de quitter San Francisco, Maxime

avait fait graver sur du papier ministre des en-têtes portant ces mots :

ROYAUME DE POLA

Ministère des affaires étrangères.

M. de Boislucas entra en fonctions tout de suite et signifia l'avènement de Maxime-Jean Ier au trône de Pola.

On se souvient encore de l'accès de gaieté qui s'empara de l'Europe quand on apprit qu'un nouveau roi venait de se faire proclamer.

Les journaux radicaux de France surtout s'en donnèrent à cœur joie.

L'un d'eux intitula son article : *Encore un roi d'Araucanie*, et apprit à ses lecteurs, dans un langage très amusant du reste, que le nouveau souverain, sans doute pour économiser les frais de voyage et de représentation à ses ambassadeurs, avait simplement envoyé par la poste la notification de son avènement.

Cet acte extra-officiel, expédié par la poste, vint donner beaucoup de bonne humeur au carnaval de 1885, et les journaux de toutes nuances exploitèrent cette mine de plaisanteries avec un véritable succès.

Pendant ce temps, le roi de Pola faisait route pour Marseille. Avant de quitter la terre qui constituait son royaume, Darnozan avait écrit à lord Killyett la lettre suivante :

« Milord,

« Selon la promesse que je vous ai faite, je suis, depuis hier, prince souverain. Un parti puissant m'a proclamé roi de Pola. Je viens encore une fois vous demander la main de votre fille, lady Helena. Je lui assurerai, n'en doutez pas, les plus hautes destinées. Veuillez me faire connaître votre décision par télégraphe, à l'adresse de M. Ivan Kasaloff, bureau restant, à Marseille.

« Que Dieu vous tienne en sa sainte garde.

« MAXIME-JEAN. »

Bureau restant était plus comique encore que *par la poste*. Mais Darnozan se souciait peu d'être ridicule pendant six mois. Il savait que si le ridicule tue les hommes, le terrible tue aussi le ridicule, et plus promptement encore.

Vers la fin de février, le roi de Pola débarquait à Marseille, avec ses quarante et un compagnons. Au cours de la traversée, le quarante-deuxième ayant voulu traiter le roi par trop familièrement et lui dire quelques vérités, à la façon des anciennes Cortès aragonaises, Darnozan l'avait fait mettre aux fers pour quarante-huit heures.

Quelques jours après, le même individu essayait de pousser les autres à la révolte ; Maxime lui brûla simplement la cervelle et fit jeter son corps à la mer.

Quand un homme que l'on sait loyal prend sur lui de commettre un meurtre, il faut qu'il se sente la conscience bien droite et bien calme pour agir ainsi, et l'acte d'énergie en impose moins, peut-être, que la responsabilité morale qu'il assume.

Les autres compagnons se tinrent pendant deux ou trois jours sur la défensive, prêts à se mutiner si l'occasion leur en était offerte ; mais celui que les mécontents considéraient comme leur chef, étant par accident tombé à la mer,

Maxime, sans se déshabiller, plongea pendant que l'on stoppait et lui sauva la vie.

A partir de ce moment, tous ces hommes lui furent dévoués corps et âme.

Celui qu'il avait tiré de l'eau alla même, dans sa reconnaissance, et après avoir pris l'avis de ses amis, jusqu'à confesser qu'il avait été sur le point de diriger une rébellion contre lui.

— Je le savais, dit-il.

Cette réponse stupéfia l'aventurier, qui s'é-cria :

— Et vous vous êtes exposé pour me sauver ?

— Oui, mon ami. J'avais deviné que vous étiez tous très excités contre moi, mais je vous connais, je vous ai étudiés les uns après les autres pendant la traversée. Je sais maintenant qu'il n'y en a pas un parmi vous qui soit capable d'une action infâme. Vous, en particulier, La-manon, je vous crois un homme de valeur et je compte sur vous pour accomplir des prodiges, quand le moment sera venu.

— Mais enfin, que devrons-nous faire ?

— Vous l'apprendrez à Marseille. Seulement,

sachez ceci : je vous promets une fortune considérable et une gloire plus grande encore.

Maxime parlait avec une telle confiance, et
on l'avait vu si vaillant dans les circonstances
difficiles, que pas un de ces hommes ne douta
de ses promesses.

A diverses reprises, le roi, comme on l'appelait décidément, voulut se mêler aux jeux de
ses officiers, et chaque fois il leur prouva qu'il
était le plus agile, le plus vigoureux, le plus
adroit, le plus intrépide et le plus intelligent de
tous.

Quand le navire entra dans le golfe d'Aden,
son monde l'adorait.

C'était lui seul qui, avec une sûreté de coup
d'œil incomparable, avec une expérience maritime rare, avait piloté le *Monterey* à travers les
innombrables îles de l'Océanie.

Après avoir traversé l'archipel de la Pérouse,
il avait navigué à travers celui de la Louisiade,
franchi le détroit de Torrès, côtoyé les Moluques
et les Célèbes, gagné la mer de Java et le détroit
de la Sonde, étonnant chaque jour ses hommes
par son savoir et par son habileté de marin.

Au moment d'entrer dans la mer Rouge, il avait chargé Kasaloff, Kellner, Lamanon et quatre autres en qui il avait toute confiance, de faire une descente dans l'île de Périm.

— J'ai l'intention, leur dit-il, de conquérir plus tard cet îlot, qui commande la mer Rouge. Je vous charge de me renseigner sur la question suivante : faut-il aborder les fortifications anglaises de front, ou bien est-il facile de débarquer sur un point non défendu? En partant pour cette mission, pénétrez-vous de la pensée que je veux enlever la position par surprise.

Les sept aventuriers restèrent trente-six heures dans l'île. Ils trouvèrent une anse pouvant contenir un ou deux vaisseaux et où un débarquement était on ne peut plus facile.

La garnison anglaise leur parut suffisante sans être excessivement nombreuse. C'est tout ce que voulait savoir Maxime-Jean.

Dès son arrivée à Marseille, où il débarqua sous un nom supposé, comme sait le faire tout souverain qui voyage incognito, le roi envoya Kasaloff au bureau du télégraphe pour s'informer si lord Killyett avait répondu à sa lettre.

Lord Killyett n'avait pas daigné télégraphier un oui ou un non.

— Va bien, comme on dit dans ce pays-ci, fit Darnozan, lorsque Kasaloff l'en eut informé. Ce soir, conseil de guerre à bord, à dix heures.

A l'heure dite, quand tout son monde fut réuni, Maxime-Jean prit la parole :

— Vous avez bien compris, je pense, dit-il, que ce n'est pas uniquement pour emporter une partie du trésor d'Ata-Capac que je vous ai conduits à Quito. Cela ferait cent cinquante mille francs à peine pour chacun, et encore, car nous avons des dettes. Mais je suis sûr que vous nourrissez des ambitions plus hautes.

« Nous allons entrer dans l'action. Vous récolterez sur le chemin que je vous ferai parcourir beaucoup de gloire et de grosses fortunes. Mais aussi, n'en doutez pas, il y aura des coups à encaisser.

« Plusieurs de nous ne verront probablement pas la fin de l'épopée que je rêve, et il est nécessaire que vous envisagiez l'avenir dans sa réalité. L'entreprise que je vais entamer tout à l'heure, avec vous, est gigantesque : vous me traiterez peut-être de fou, car ce que je veux faire semble impossible. L'univers, d'ailleurs, nous pourra croire aliénés quand il connaîtra notre audace. Je veux, comme roi de Pola, déclarer la guerre à l'Angleterre. »

A ces mots, il y eut un mouvement dans l'auditoire.

— Cela vous étonne, reprit Maxime-Jean ; je m'y attendais. Aussi, je laisse chacun de vous libre de m'abandonner et de retourner en Amérique. Que ceux qui me trouvent trop hardi n'hésitent pas et me quittent. Je ne veux pas avec moi de demi-courages ni de dévouements flasques.

— Pardon, Sire, dit Zampironi...

— Appelez-moi encore commandant, vous me donnerez du sire quand nous aurons une flotte, ce qui ne tardera pas.

— Eh ! bien, commandant, c'est précisément ce que j'allais vous dire. Pour faire la guerre à l'Angleterre, il faut une flotte. Ce n'est pas avec quatre millions que vous achèterez une escadre cuirassée.

— Vous avez raison, Zampironi ; mais avec

mes quatre millions, je puis la conquérir.

— Écoutez, messieurs, dit Kasaloff.

— Voici, reprit le roi, voici quarante liasses de cent mille francs chacune. Sauf Boislucas et moi, chacun de vous va en prendre une.

Boislucas s'avança et distribua les liasses aux compagnons de Maxime.

Le roi continua :

— Maintenant encore, vous êtes libres de vous en aller, et celui qui m'abandonnera gardera les cent mille francs, tandis que ceux qui resteront avec moi — les fidèles — devront s'en servir jusqu'au dernier sou pour un usage que je leur révélerai.

Il y eut un silence terrible. Tous ces hommes s'entre-regardaient. Kasaloff, Kellner et Boislucas avaient des mines farouches.

— Personne n'a l'intention de vous quitter, dit enfin Nicolas Ramine.

— Personne ! personne ! répétèrent plusieurs voix.

— Bien ! et tous vous êtes décidés à faire la guerre à l'Angleterre ?

— Oui, tous ! tous ! tous !

— Merci. Écoutez-moi donc. Pendant mon séjour à San Francisco, j'ai envoyé un agent à Londres pour éclaircir bien des choses. Et voici ce que j'ai appris :

« Deux cuirassés anglais vont partir pour les Bermudes. Nicolas Ramine, vous prendrez pour lieutenants MM. Prytz, de Buda-Pesth et Joshua Klett, de Chicago. Vous ramasserez dans les ports américains tout ce que vous pourrez trouver de matelots en quête d'aventures, et vous vous emparerez de l'un de ces vaisseaux.

— Comment ? fit Nicolas Ramine, très calme.

— Vous mettrez le feu à l'un d'eux, et pendant que l'équipage de l'autre lui portera secours, vous envahirez ce dernier et vous partirez à toute vapeur.

— Bien, commandant. Comment s'appellent ces deux navires?

— L'*Achilles* et le *Valorous*.

— Auquel faudra-t-il mettre le feu ?

— Au *Valorous* ; l'*Achilles* est d'une marche bien supérieure et son armement est plus mo-

derne. Nous trouverons à bord de l'argent,
des vivres et des munitions en suffisante quantité pour faire la campagne. Prytz, et vous,
Joshua, vous obéirez à Nicolas Ramine, que je
nomme capitaine du *Valorous*. J'espère que
l'occasion ne se fera pas attendre pour vous de
commander aussi un vaisseau.

— Faudra-t-il débaptiser mon navire ?

— Non, mon ami. Nous éprouverons un
véritable plaisir à rosser les Anglais avec des
bâtiments dont les noms leur sont familiers.

— Quel pavillon faudra-t-il arborer ?

— Le pavillon de Pola, monsieur : bleu de
ciel aux quatre hirondelles d'or et la devise
Partout, une tête de nègre au bout de la
hampe.

— Très bien, commandant, quand partirons-
nous ?

— Dans une heure. Ah ! prenez cette lettre,
elle contient toutes vos instructions et vous
indique le port de rendez-vous qu'il faudra
rallier quand vous aurez réussi.

— Vous, Pedro Cabanil, vous partirez pour
Valparaiso. Il y a là une escadre anglaise. Elle

sera peut-être au Callao ou sur un autre point du Pacifique. Vous savez fabriquer des torpilles?

— Oui, commandant.

— Eh! bien, je vous laisse le choix entre l'incendie ou l'explosion. Si vous pouviez me ramener deux navires, ce serait bien.

— On tâchera.

— Vous savez, dans les mers du Sud, ce sont d'anciens deux-ponts qu'on a transformés et qui s'appellent des cuirassés de station. C'est l'équivalent des corvettes cuirassées françaises.

— Je les connais, mon commandant.

— Emmenez avec vous, Ybarrondo, le vaillant Basque, comme second, et l'Américain Fielding. Si, à vous trois, vous ne faites pas des prodiges, c'est que je me trompe sur votre compte. Approchez, Weenix, honnête Hollandais; vous connaissez Halifax?

— Canada, oui, commandant.

— Il y a là également une escadre de cuirassés de station. Mais il faut votre sagesse et toute la sûreté de votre coup d'œil pour réussir.

Combinez bien votre affaire. Employez torpille ou essence minérale, à votre choix aussi.

— Mais, mon commandant, il vaudrait bien mieux ne pas abîmer vos bateaux et vous les amener intacts.

— Certainement.

— Donnez-moi pour compagnons Capmartin et Zampironi, ce sont gens de coups de main, et je vous assure que cela ne fera pas un pli.

— Non, prenez Etchegoyen, l'autre Basque, je garde Capmartin pour une mission spéciale. Mais ne vous illusionnez pas : s'il y a plus de deux corvettes, usez de l'incendie ou de la torpille, le reste serait trop dangereux, et j'ai besoin de vous tous.

— C'est bien, commandant.

— Voici vos instructions :

« Vous, Lamanon, vous saurez qu'il y a un cuirassé anglais à Salonique, un seul. On trouve des Grecs bons à faire d'excellents corsaires dans toutes les îles de l'archipel. Les Grecs ne sont pas exigeants comme solde. Il faut enlever ce vaisseau de vive force.

— Oui, mon commmandant.

— Capmartin, c'est à Smyrne que vous en ferez autant.

— Je suis prêt.

— C'est parfait. Maintenant, y a-t-il ici un homme assez audacieux pour aller tenter le coup de l'incendie, sous le canon même de Gibraltar?

— Moi, commandant, dit en faisant quelques pas un jeune homme blond, qui avait à peine un léger duvet sur la lèvre supérieure.

— Vous, Pontins, quel compagnon voulez-vous?

— Je demande à opérer seul.

— Comment ferez-vous?

— J'irai chercher à Salé, sur la côte du Maroc, trois ou quatre mille gaillards qui s'ennuient joliment depuis une quinzaine d'années, et qui viendraient pour rien. Jugez donc, si je leur donne vingt francs par tête, dans un pays où l'on est riche avec trois sous par jour!

— Allez donc, Pontins, je compte sur vous.

Maxime-Jean désigna ensuite trois hommes pour Malte, et ajouta:

— Messieurs, l'attaque doit avoir lieu le
même jour, à la même heure. Dès que
Lamanon, Capmartin et ceux de Malte auront
leurs prises, ils forceront de vapeur vers
Gibraltar. Pontins ayant probablement attiré
les cuirassés qu'il n'aura pas détruits en plein
Océan, le détroit sera libre. Ils gagneront le
large.

« Qu'aucun de vous, messieurs, n'oublie
d'embaucher un double jeu de mécaniciens
et de chauffeurs.

— Parbleu !

— Une fois dans l'Atlantique, vous ne lais-
serez passer aucun navire de commerce anglais,
sans l'imposer de deux milles livres sterling.
Ceux qui refuseront seront amarinés et amenés
au rendez-vous. Ils nous serviront d'avisos et
de mouches d'escadre.

Maxime-Jean désigna sept groupes de trois
hommes, qui furent envoyés à Shangaï, à
Yokohama, à Nagasaki, à Singapoore, à Aden,
à Capetown et à Rio-Janeiro. Tous avaient des
ordres analogues.

Il ne gardait avec lui que cinq compagnons :

ses trois ministres d'abord : Kasaloff, Kellner et Boislucas, puis deux des plus hardis parmi ses quarante fidèles ; un Parisien, nommé Robert, qui incarnait la bravoure, et un nommé Sancy, né en Californie, de parents français. Quand il eut distribué à chacun sa tâche, Maxime-Jean reprit la parole :

— Messieurs, dit-il, nous allons entreprendre une œuvre colossale, je veux fonder l'Empire des mers. Je veux que toutes les îles du globe nous appartiennent un jour. L'Angleterre, qui avait acquis la plus grande puissance maritime du monde, a joué naguère une comédie infâme pour s'emparer de l'isthme de Suez, qu'elle convoitait depuis longtemps. Elle s'est moquée de l'Europe avec la complicité d'Arabi, et l'Europe est restée calme. L'Europe ne regimbe pas. L'Europe se laisse dérober la route de l'Océanie. Eh ! bien, messieurs, ce que l'Europe n'ose pas faire, nous le tenterons, nous, avec l'aide de Dieu. Nous attaquerons l'Angleterre sur son terrain favori, sur toutes les mers ; nous la battrons, c'est du moins mon espérance ; nous la diminuerons, nous la détruirons, et nous

aurons ainsi accompli le plus grand acte de justice des temps modernes.

— Vive le commandant !!! crièrent en même
temps quarante voix.

— Maintenant, mes amis, écoutez l'important : nous sommes aujourd'hui le 16 mars 1885,
c'est dans la nuit du 15 au 16 juin prochain
que vous devrez vous emparer de notre premier
instrument de conquête, une flotte. Dans la nuit
du 15 au 16 juin. Allez, messieurs, que ce soir
vous soyez tous en route.

III

LA FLOTTE DU ROI

Un mois après, un navire battant pavillon
bleu de ciel aux quatre hirondelles d'or et
laissant voir, quand la brise le déployait, le mot :
PARTOUT brodé au centre, pénétrait dans la
Tamise et allait mouiller devant Londres. Le
lendemain, tous les journaux de la Grande-Bretagne annonçaient, avec cette gaieté glaciale

particulière aux Anglais, qu'un ambassadeur du roi de Pola venait d'arriver.

Le *Standard* intitula son article : *le roi de Pola se manifeste;* ce qui fit rire beaucoup de lecteurs.

Mais ce ne fut plus de la gaieté, ce fut du délire, quand on apprit que l'ambassadeur de Pola venait à Londres uniquement pour traiter avec le gouvernement de la Reine la question du canal de Suez.

Et toute l'Angleterre fut prise d'un rire inextinguible quand le *Times* révéla au monde que le roi de Pola, en sa qualité de souverain océanien, prétendait avoir quelque droit au règlement des affaires d'Égypte et surtout du canal de Suez.

Aujourd'hui que les événements se sont précipités avec une rapidité foudroyante, quand nous savons ce qui s'est passé, la bonne humeur de l'Angleterre ne nous paraît pas bien spirituelle ; mais, à cette époque, on peut s'en assurer par la lecture des journaux, toute l'Europe fit chorus avec les Anglais, et les quolibets tombèrent comme grêle sur le gouvernement de S. M. Maxime-Jean I**.

M. de Boislucas, qui remplissait les fonctions d'ambassadeur extraordinaire, arrivait d'une tournée générale en Europe, où il avait eu la douleur de constater qu'aucun gouvernement ne voulait reconnaître son souverain.

— Ils ne veulent pas me reconnaître ! dit Maxime-Jean à cette nouvelle, eh bien, soit ! ils me connaîtront.

Le mot était royal et est devenu historique.

Doué d'un aplomb trop américain pour se laisser démonter, M. de Boislucas sollicita une entrevue de lord Granville, qui ne lui répondit pas.

Il n'en éprouva pas une émotion bien extraordinaire. On le voyait, sans cesse, en grand costume de velours bleu de ciel, courir les rues de Londres, pour visiter successivement les représentants de toutes les puissances.

Comme il avait fort bon air et que son regard n'était pas facile à soutenir, on l'accueillait poliment, on l'écoutait, on le congédiait et c'était tout. Il fut bientôt connu de tous les flâneurs de Regent Street.

Entre temps, Maxime Darnozan et le jeune

4.

Robert s'étaient installés à Woolwich, au milieu de la population maritime de cette petite ville, et comme ils parlaient admirablement l'anglais tous les deux, ils ne furent pas remarqués.

Maxime loua, le plus près possible de l'arsenal, une grande maison vide en ce moment, et qui avait servi à une manufacture de caoutchouc. C'était un bâtiment quadrangulaire, haut de trois étages et au centre duquel existait une vaste cour dont on ne pouvait soupçonner l'existence du dehors.

Dès leur installation, ils y vécurent d'une façon assez retirée. Dans les premiers temps, on y porta quelques meubles, de grands paniers en osier, certains autres objets assez volumineux. Personne n'y prêta grande attention. Il n'y avait rien d'anormal dans tout cela.

De temps à autre, Maxime se rendait à Londres et y voyait Boislucas en secret. Puis il revenait à Woolwich, d'où Robert ne bougeait pas.

M. de Boislucas, malgré son activité, son entregent et son insistance, ne fut pas reçu officiellement par lord Granville. Il s'adressa aussitôt à M. Gladstone. M. Gladstone ne lui donna pas signe de vie. Malgré son insuccès, il conservait un caractère affable, égal, et certes, il réalisait l'idéal du diplomate.

Cela dura plus de six semaines, au bout desquelles il fit savoir aux journaux que, si les ministres ne voulaient pas l'entendre, il serait obligé d'en venir à une extrémité fâcheuse.

On inséra sa lettre et on s'en amusa comme par le passé.

Le 3 juin, il adressa au Foreign Office un ultimatum qui fut communiqué à la presse par lui-même, et enfin, le 4, les délais de l'ultimatum étant expirés, il amena son pavillon, et envoya, par le lieutenant du *Monterey*, une déclaration de guerre rédigée dans la forme usitée en pareil cas.

Le lendemain, le *Monterey* levait l'ancre sous les yeux d'une foule énorme, accourue pour tâcher de voir ce singulier ambassadeur d'un roi microscopique, qui était venu fièrement provoquer l'Angleterre. Et l'on riait !

— Honni soit qui mal y pense ! murmura

Boislucas, le proverbe est en situation, et rira bien qui rira le dernier.

Le lendemain il faisait assez mauvais temps. Le vent soufflait en tempête, et quoiqu'on fût à la fin du printemps, il faisait froid.

Vers la fin de l'après-midi, les rares habitants de Woolwich, qui regardaient l'état du ciel à travers leurs fenêtres fermées, virent une série de petits ballons s'élever successivement dans l'air, au-dessus de la maison qu'habitait Maxime, et aller se perdre au nord-est, après avoir flotté au-dessus de l'arsenal.

On pensa que les deux locataires de l'immeuble avaient imaginé ces ascensions minuscules pour se désennuyer.

Il s'en fallait de beaucoup que ce fût la véritable raison d'être de ces petits aérostats. Darnozan les lançait pour s'assurer qu'ils passaient bien exactement au-dessus des chantiers de construction. Si bien que le soir venu, quand les ténèbres furent bien épaisses, on aurait pu apercevoir, s'il avait été possible de distinguer quelque chose dans le noir de la nuit, un ballon, mais un véritable et grand ballon, qui partait très lentement du même endroit.

Dans la nacelle, il y avait un homme, et c'était un hardi compagnon, car il ne faisait pas bon de se risquer dans un aérostat par un temps pareil. Sous les efforts de la rafale, le ballon se couchait presque entièrement dans l'espace, d'autant plus qu'il était solidement retenu par un maître câble enroulé autour d'un treuil que faisait manœuvrer un autre homme.

Quand le navire aérien fut au zénith des chantiers de construction, il s'arrêta. L'homme jeta au-dessous de lui une échelle de corde, enjamba le rebord de la nacelle et descendit. Arrivé aux derniers échelons, il largua doucement un filin qu'il tenait de la main gauche et qui remontait vers la nacelle. Un seau fermé lui arriva presque sur la tête. Il le prit, et l'ayant ouvert, en répandit le contenu à un endroit déterminé et sur un espace assez grand.

Puis il remonta dans son aérostat et fit un signal qui fut entendu, car le ballon redescendit dans la cour. Cinq minutes après, il repartait, et la même manœuvre était exécutée, mais cette fois un peu plus loin. Le contenu du seau était répandu contre la porte et sur la toiture d'un vaste magasin à munitions. Deux autres ascensions eurent encore lieu avec le même résultat.

Enfin, vers une heure du matin, le ballon s'éleva de nouveau, mais cette fois il y avait deux voyageurs dans la nacelle. Quatre seaux découverts et pleins étaient suspendus à l'extérieur. Le premier fut descendu sur la toiture des chantiers, s'y renversa, et aussitôt un fil enduit d'essence inflammable s'alluma dans la nuit et serpenta jusqu'au sol qui prit feu sur une large étendue. Un peu plus loin, le second seau fut lâché et s'alluma comme le premier, puis le troisième, puis le quatrième, et le ballon, qui cette fois n'était plus captif, s'enfonça inaperçu dans les ténèbres du ciel.

Un incendie gigantesque venait d'éclater dans le premier arsenal du monde. Une heure après, tous les chantiers de construction n'étaient plus qu'un brasier. Une foule immense, accourue sur le théâtre du sinistre, contemplait le désastre. Deux ou trois poudrières sautaient. C'était affreux! Les réserves de cartouches, de grenades et d'obus éclataient dans les maga-

sins devenus de la sorte tout à fait inabordables.

Le vent violent qui soufflait menaçait de
porter les flammes vers la partie orientale de la
ville, et tous les efforts des pompiers durent être
concentrés sur les propriétés privées, que l'on
parvint, d'ailleurs, à préserver.

Le lendemain, quand l'Angleterre apprit cet
événement, ce fut partout une stupeur profonde.

Quoi! Woolwich, l'orgueil de la Grande-
Bretagne, l'arsenal qui semblait contenir, avec
tous ses engins de guerre, la sécurité du
Royaume-Uni, Woolwich détruit! Woolwich
un monceau de décombres et de cendres !

On n'y voulait pas croire. Cependant, il
fallut se rendre à l'évidence, et alors ce fut une
explosion de fureur. On accusa les Irlandais,
les fenians, et l'on mit toute la police sur pied.
Ce n'était pas tant la perte matérielle qui touchait l'opulente Angleterre, quoiqu'elle dé-
passât plusieurs millions de livres sterling ;
c'était la destruction d'une énorme quantité de
munitions, l'anéantissement d'inventions de

toutes sortes et de bâtiments innombrables qui contenaient un outillage et une installation perfectionnés depuis deux siècles.

La plupart des Anglais ne s'y trompèrent pas : c'était un malheur irréparable, et il y eut d'un bout à l'autre de la Grande-Bretagne une agitation énorme. On alla jusqu'à ouvrir des meetings dans lesquels on blâma le gouvernement de la Reine parce que, disait-on, il manquait de vigilance. Il y eut des orateurs plus fougueux que les autres, qui parlèrent même de rendre le ministère responsable de ce malheur.

Et, cependant, les Anglais n'étaient pas au bout de leurs peines.

Au moment même où l'émotion était la plus violente, le télégraphe apporta, en effet, de tous les points du monde, des nouvelles affreuses, inattendues, qui poussèrent à son comble l'exaspération du peuple.

Le 16 juin, dans la matinée, et avant qu'aucun journal n'en eût parlé, on se disait dans la Cité que trois vaisseaux cuirassés, trois des plus beaux spécimens de l'art naval, des bâtiments

à tourelles armés de canons de trente-six
tonnes, d'une portée de sept à huit milles, avaient
été incendiés dans la nuit, à Portsmouth.

Et bientôt on raconta qu'un autre vaisseau
venait également d'être la proie des flammes
dans la rade de Plymouth.

Cette fois, il n'y avait plus de doute. Ce
n'était pas une mauvaise chance, il y avait là
tout un système de destruction puissamment
organisé. On accusa de nouveau les fenians,
puis on en vint à parler des anarchistes et des
invincibles. Mais la majorité des Anglais accu-
saient ouvertement les Irlandais et demandaient
qu'on massacrât, sans pitié, tous ceux qui seraient soupçonnés. La population de l'Angleterre était affolée.

Et cependant, elle ignorait le plus grave. A
Portsmouth, ou pour mieux dire dans la rade de
Spithead, car c'est là qu'avait eu lieu l'incendie,
deux vaisseaux seulement étaient brûlés, l'*In-
flexible* et le *Superbe*, tandis que le troisième,
le *Monarch*, s'était évanoui, avait disparu.

Quand les marins du *Monarch*, détachés dans
leurs chaloupes avec les pompes, pour porter

secours aux navires en flammes, étaient reve-
nus, ils n'avaient plus trouvé le vaisseau qui,
par un comble d'audace, leur avait été volé
presque sous leurs yeux. A Plymouth, c'était
mieux. Il n'y avait qu'un vaisseau brûlé, le
Téméraire, mais deux autres des plus admirables bâtiments de la flotte, l'*Alexandra* et le
Northumberland, avaient été pris de vive force
pendant l'incendie, et dirigés vers la haute
mer, où on les avait perdus de vue. Des explosions de dynamite détruisaient en même temps
les forts de Plymouth dont les canons restaient
muets. Il y avait donc là six vaisseaux perdus.

Et dire que ce n'était rien. Vers midi, on reçut
d'Halifax une dépêche annonçant que des aventuriers avaient essayé de mettre le feu à la ca-
nonnière *Cygnet*, et de s'emparer d'un cuirassé
de station, qui était sous vapeur.

« Fort heureusement, ajoutait la dépêche, la
tentative a échoué, grâce à l'énergie et à la
vigilance de M. Meyr, capitaine de vaisseau.

« Un grand nombre des bandits de mer
auxquels nous avons eu affaire s'est échappé,
ajoutait la dépêche, mais nous en avons capturé

une cinquantaine, parmi lesquels un Hollandais nommé Weenix, qui avait organisé cet acte de piraterie, et qui sera probablement pendu demain, après avoir passé devant une cour martiale. »

C'était un échec pour Maxime; mais à Salonique le coup avait réussi, aux Bermudes également, et à Malte aussi.

A Gibraltar, Pontins, avec cinq mille pirates du Riff, n'avait pas daigné employer le feu. Il prit à l'abordage le *Warrior* et la *Defence*, qu'il rencontra sous vapeur à quatre milles au large, sous le canon même de la redoutable forteresse.

Chacune de ces nouvelles arrivait à son tour à Londres, dans cette journée du 16 juin, et redoublait l'exaspération. Quand on sut que sous Gibraltar deux vaisseaux avaient été enlevés, ce fut une explosion de rage, et pourtant les Anglais avaient encore à apprendre le succès de William Smith à Singapoore. Celui-là s'était servi d'une torpille, avait détruit le *Valiant* et conquis le *Repulse*.

Joë Green, à Capetown, avait également réussi. Sa prise s'appelait l'*Hercules*.

Pedro Cabanil, lui, n'était pas parvenu à prendre un navire à Valparaiso. Le monde lui avait manqué. Mais au moins en avait-il brûlé deux, le *Condor* et le *Bittern*. Enfin, James Kobb, un grand Kentuckien, sur lequel comptait beaucoup Darnozan, et qui devait faire son coup à Shangaï, s'était trop fié à sa bonne étoile. Il avait attaqué avec trop peu de matelots.

L'incendie de l'*Invincible*, mal allumé, avait été éteint en quelques minutes, et quand James Kobb avait voulu prendre le *Lord Warden*, il avait eu affaire à un ennemi bien supérieur en nombre. Les siens alors s'étaient laissé jeter à la mer. Et lui, n'ayant pas voulu reculer, s'était fait tuer héroïquement.

Il n'en était pas moins acquis que, dans cette fatale nuit, le gouvernement de la Grande-Bretagne avait perdu en tout vingt et un vaisseaux cuirassés, la fleur de la marine.

Sur ce nombre, huit avaient été incendiés ou avaient sauté, treize étaient au pouvoir d'un ennemi inconnu, mais qui ne tarda pas à se manifester, comme disait si bien le *Standard*.

Et, en effet, le *Times* reçut dans la soirée une lettre ainsi conçue :

« Monsieur le rédacteur,

« Je vous communique une copie de la lettre que j'adresse à l'instant au gouvernement de Sa Très Gracieuse Majesté la reine Victoria. En la publiant, vous apprendrez à vos compatriotes comment et pourquoi l'Angleterre a perdu la plus grande partie de sa flotte de guerre. Vous ferez aussi savoir ceci au peuple anglais : le roi de Pola exige qu'on lui rende son officier Weenix, ou tout au moins qu'on le traite en prisonnier de guerre.

« P. O.

« Le ministre des affaires étrangères :

« Signé : BOISLUCAS. »

La lettre adressée à M. Gladstone était ainsi conçue :

« Je vous informe, milord, que ce sont mes troupes de terre et de mer qui ont détruit l'arsenal de Woolwich, le 5 de ce mois, et votre flotte dans la nuit du 15 au 16. Vous n'avez pas daigné écouter mon ambassadeur. Vous voyez que j'étais en état de soutenir ses revendications. J'imagine que l'on ne rira plus beaucoup du roi de Pola dans le Royaume-Uni. J'apprends par une dépêche d'Halifax que mon officier Weenix, considéré par erreur comme un pirate, est menacé d'être traduit devant une cour martiale. Je vous demande de traiter ce brave marin comme un prisonnier de guerre qu'il est. Le 3 juin, je vous ai fait remettre mon ultimatum, le 4 ma déclaration de guerre. Tout est régulier. Je vous offre l'échange du capitaine Weenix contre un des prisonniers de marque que j'ai faits à bord de vos vaisseaux. Mais si vous n'ordonnez pas, par le télégraphe, au gouverneur du Canada de surseoir à la convocation de toute cour martiale, et s'il arrive malheur à Weenix, je pendrai un commodore anglais à chaque bout de ma grand'vergue.

« Que Dieu vous tienne en sa garde.

« MAXIME-JEAN. »

Le roi de Pola, en écrivant ainsi, n'agissait

peut-être pas selon les règles et les formules du protocole, mais il disait — et clairement — ce qu'il voulait dire.

Cette lettre à M. Gladstone était datée de Portsmouth. Elle portait même le timbre de cette ville. Donc, Maxime-Jean était en Angleterre. C'était vraiment pousser l'audace hors des limites les plus invraisemblables.

Maxime, en effet, était resté à Portsmouth, ou, pour parler plus exactement, il s'était installé à Portsea, qui fait partie intégrante de Portsmouth et qui est beaucoup plus considérable que la ville primitive.

Il y avait attendu les nouvelles et il savait maintenant quels étaient ceux de ses lieutenants qui avaient réussi et ceux qui avaient échoué.

La dépêche d'Halifax était arrivée de bonne heure ; le roi de Pola, ayant aussitôt écrit sa lettre, s'était ensuite rendu dans High Street, la principale rue de Portsmouth, où il avait donné rendez-vous à un Irlandais de ses amis. Celui-ci, un certain O'Rigan, s'était engagé à conduire Darnozan en pleine mer, et tint parole. Kasaloff, avec le *Monarch*, attendait Maxime-Jean qui se dirigea aussitôt vers le port où il devait attendre ses lieutenants.

Il existe, assez près de Madère, un groupe d'îlots ou plutôt de rochers à peu près nus qu'on appelle les îles Salvage. C'est là que Maxime-Jean avait donné rendez-vous à tout son monde. Les îles Salvage ne produisent rien. Elles sont inhabitées, mais elles forment une série de canaux qui se termine devant la plus grande par une baie commode et admirablement abritée.

L'endroit était merveilleusement choisi pour se reconnaître et pour attendre, sans danger, l'arrivée des vaisseaux qui devaient constituer la flotte du roi de Pola.

Ce fut naturellement Pontins qui arriva le premier au mouillage indiqué. Il y laissa un de ses navires et, avec l'autre, il se mit en embuscade pour happer au passage les steamers de l'Union steam ship Company.

Il en vint deux. L'un qui se rendait au Cap, l'autre qui retournait en Angleterre. Du même coup, Pontins leur apprit à quel point était sérieuse la déclaration de guerre du roi de Pola,

les fit prisonniers, s'informa de ce qu'il y avait
à bord, prit toutes les sommes en espèces ou en
poudre d'or et les remit en liberté.

Pontins rentrait aux îles Salvage au moment
même où Maxime-Jean y arrivait lui-même. Le
Monarch, l'*Alexandra* et le *Northumberland*,
ainsi que trois navires en bois, formaient sous
ses ordres une escadrille fort respectable.
Maxime avait mis son pavillon sur le *Monarch*,
dont l'équipage, ainsi que ceux des autres
navires, était exclusivement composé d'Irlandais.

Les trois mois écoulés entre le départ de
Marseille et la nuit de l'action avaient été
utilisés par Kellner et Kasaloff d'une façon qui
dénotait chez eux de grandes qualités d'activité
et d'adresse.

Parcourant les ports de l'Irlande, ils avaient
trouvé dix fois plus de matelots qu'il n'en était
besoin pour la besogne qu'ils préparaient.

Tous ces irréconciliables ennemis de l'Angleterre s'étaient rendus isolément à Portsmouth,
à Portsea, à Stonehouse, à Devonport, à Plymouth, et au moment où il avait fallu agir, ils

5.

s'étaient jetés sur les navires anglais avec la fureur que peuvent donner à un peuple deux ou trois cents ans de haine.

C'est ce qui avait rendu relativement facile la tâche de Kasaloff, qui, ayant Sancy sous ses ordres, s'était juré de prendre deux vaisseaux et avait tenu parole.

Kellner, lui, en compagnie de Maxime et de Robert, avait fait le coup de Portsmouth, toujours avec les Irlandais, qui étaient venus plus de quinze cents, dont quatre ou cinq cents en amateurs.

Boislucas lui-même, après avoir quitté Londres avec le *Monterey*, ne voulut pas rentrer les mains vides; c'est pourquoi il s'empara du *Tamar* à la Royal Mail et de l'*Aconguada* à la Pacific steam navigation Company. Il arriva au rendez-vous trois jours après les trois cuirassés du roi. Nicolas Ramine mouilla le lendemain avec l'*Achilles*.

Les vaisseaux anglais étaient largement approvisionnés de tout : vivres, argent, charbon. Maxime-Jean pouvait attendre l'heure d'agir en se tenant prudemment sous vapeur.

Une seule chose l'inquiétait : l'impossibilité où il se trouvait, en ce mouillage mystérieux et isolé, d'apprendre les nouvelles.

L'Angleterre pouvait, en effet, mettre une flotte à la mer sans qu'il en sût rien. Pour obvier à cet inconvénient, il envoya Boislucas à Madère avec ordre de ne revenir que lorsqu'il y aurait des nouvelles graves. Lamanon et Capmartin, revenant l'un de Smyrne, où les Grecs lui avaient donné un rude secours, et l'autre de Salonique, arrivèrent bientôt. Ils avaient rencontré deux vaisseaux devant lesquels ils s'étaient tenus sur leurs gardes, et bien leur en avait pris, car ceux-ci les avaient attaqués. Le combat avait duré deux heures et demie, après quoi les Anglais s'étaient retirés vers l'est, où les deux aventuriers n'avaient pas cru devoir les poursuivre.

— Nous n'attendons plus que William Smith et Joë Green, dit Pontins, car Cabanil va être obligé de gagner l'Europe autrement qu'il ne l'espérait.

— Pardon, il y a encore Voridès qui est à Nagasaki, et dont on n'a pas de nouvelles ; le

Mexicain Garcia, que j'ai envoyé à Yokohama et Magesc à Hongkong. Le grand Brown était à Rio-Janeiro, mais j'ai su qu'il n'y avait pas un seul bâtiment anglais devant la capitale du Brésil.

« Enfin, nous attendons aussi Paleïeff, qui, j'espère, nous amènera un cuirassé de Malte, et qui devrait déjà être ici. »

On entendit un coup de canon : c'était Paleïeff qui rentrait avec le *Minotaur*.

— Messieurs, reprit le roi, nous voici au complet. Si je sais compter, nous avons ici dix cuirassés de premier rang. Chacun de ceux qui les ont conquis en restera le capitaine : seulement, je divise nos forces en trois escadres : la première, composée du *Monarch*, de l'*Alexandra*, du *Minotaur*, du *Northumberland* et de l'*Achilles*, sous mon commandement immédiat, avec Nicolas Ramine comme chef d'escadre ; la seconde, comprenant les cinq autres vaisseaux qui sont ici, sous les ordres de Kasaloff.

On se regarda.

— Et la troisième ? demanda Pontins.

— La troisième, messieurs, elle est déjà placée sous les ordres de William Smith et, à l'heure où je vous parle, elle a dû s'emparer de l'île de Perim, qui est la clef de la mer Rouge. Elle la gardera jusqu'au moment où les événements lui permettront d'y laisser une garnison et de nous y rejoindre.

— Et nous, qu'allons-nous faire? demanda Paleïeff.

— Nous allons, répondit le roi, organiser les équipages de nos navires de façon à n'avoir pas besoin de tous les Marocains de Pontins. Ces braves musulmans s'imaginent qu'ils vont revoir les belles années de l'antique piraterie algérienne. Ne perdons pas de temps à démontrer le contraire, contentons-nous de disséminer les meilleurs d'entre eux sur les neuf vaisseaux et de déposer les autres, à la première occasion, sur les côtes du Maroc.

— Bon! mais cela ne...

— Veuillez être assez bon, monsieur Paleïeff, pour ne pas m'interrompre. Dès ce moment, je suis définitivement votre roi.

Maxime-Jean prononça ces paroles sur un ton

qui n'admettait pas de réplique. Il continua :

— Je ne crois pas me tromper en prévoyant que la Grande-Bretagne va équiper une flotte en moins d'un mois pour nous donner la chasse. Nous attendrons que nos adversaires prennent la mer. Jusque-là, que chacun des officiers fasse un triage de ses matelots ; qu'il affecte aux canons ceux qui savent pointer une pièce, et dresse les autres à l'abordage.

Six jours après, le *Monterey* revint aux îles Salvage.

Boislucas, dès que son navire fut à quelques encâblures du *Monarch*, fit mettre un canot à la mer et se rendit auprès du roi.

— Sire, lui dit-il, William Smith, Voridès, Magesc et Garcia se sont emparés de Perim sans coup férir et y sont solidement installés. L'Angleterre a mis sur pied de guerre sept vaisseaux et deux frégates, qui vont se rendre dans la mer Rouge.

— Quand partira cette flotte ?

— Elle quittera Portsmouth, disent les dépêches, le 31 juillet.

— Fort bien, messieurs, nous irons l'attendre sur les côtes d'Espagne, et j'espère vous montrer que je suis digne d'être votre roi.

IV

LA BATAILLE DE PONTEVEDRA

L'émotion en Angleterre n'avait fait que grandir.

Dans les premiers temps, on avait traité de piraterie les actes des officiers de Maxime. Mais la prise de Perim, qui semblait indiquer le plan bien conçu et le parti arrêté d'annihiler le canal de Suez, donna aux Anglais les premières inquiétudes sérieuses qu'ils dussent éprouver dans la guerre pour l'empire des mers.

Le peuple criait dans les rues et faisait des meetings, au cours desquels on invitait le gouvernement à châtier les insolents corsaires qui volaient des vaisseaux.

Mais les hommes d'État étaient plus calmes. Ils jugèrent, dès les premiers moments, que la

lutte serait peut-être pénible. Ils résolurent
d'armer une flotte formidable pour la placer
sous les ordres de sir Beauchamp Seymour
(lord Alcester), qui aurait pour mission de purger les mers du prétendu roi de Pola ainsi que
des bandits à sa solde.

Mais, en attendant, il fallait reprendre Perim
et surtout il fallait garder les deux portes du
canal de Suez. Il fallait, enfin, exercer une
surveillance sévère sur la mer Rouge pour ga-
rantir la route des Indes.

Déjà le commerce commençait à souffrir ;
cinq ou six des lignes de paquebots anglais
avaient perdu des navires et presque tous leurs
capitaines s'étaient vus forcés, pour sauvegar-
der les intérêts des compagnies, à payer aux
Polans des tributs excessifs.

On demandait à grands cris une répression
énergique et prompte. Le gouvernement rassembla donc à la hâte une dizaine de navires en état
de prendre la mer. Il y en avait trois à Hull,
deux à Portsmouth. Les autres rentrèrent dans
l'intervalle. On les mit sous le commandement
de l'amiral Hopkins, qui prit la mer sans retard.

Sur l'ordre de Maxime, Boislucas était retourné à Madère. Le 23 juillet 1885, il revenait aux îles Salvage et annonçait que la flotte de l'amiral Hopkins quittait l'Angleterre le jour même.

Lors de la capture des vaisseaux qui composaient l'escadre du roi de Pola, on avait fait nécessairement à bord un certain nombre de prisonniers sur chaque bâtiment.

On les déposa, au nombre de douze cents environ, sur le principal îlot avec des vivres pour dix jours, et Boislucas fut préposé à leur garde.

Darnozan garda seulement à bord de la *Défence* deux officiers généraux ou supérieurs anglais, afin de les pendre à sa grande vergue, selon sa promesse, si les Anglais n'avaient pas respecté la vie de Weenix.

L'appareillage eut lieu dans la soirée, et vers sept heures la flotte polane, le *Monarch* en tête, déboucha dans l'Océan à toute vapeur, et mit le cap sur les côtes d'Espagne.

Les événements sont trop récents pour qu'on ne se souvienne pas de la bataille navale de Pontevedra, ainsi nommée parce qu'elle eut

lieu en vue de la jolie petite ville de Ponteve-
dra-en-Galice.

Maxime-Jean, une fois en mer, avait fait
venir à son bord tous les officiers qui commandaient les vaisseaux sous ses ordres.

— Messieurs, leur avait-il dit, c'est nous qui,
les premiers, allons faire une expérience que
l'Europe n'a pas eu l'occasion ou le courage
d'entreprendre. A proprement parler, il n'y a
pas eu de véritable bataille navale depuis Na-
varin. On ne sait encore quelle est la tactique
qui convient le mieux avec les vaisseaux cuirassés et à vapeur. La question de vent, qui,
autrefois, était tout dans un engagement de
mer, n'a plus aucune importance sérieuse. La
grosse affaire, aujourd'hui, c'est le canon, et
il ne faut pas nous dissimuler que les artilleurs
anglais, mieux exercés que les nôtres, pourront
nous faire beaucoup de mal. Nous serons donc en
état d'infériorité manifeste et inquiétante si nous
laissons l'Anglais nous livrer une bataille dans
les règles. Je vous ai mandés pour chercher
avec vous quelle est la tactique à laquelle nous
nous arrêterons. Quel est votre avis, Kasaloff?

— Je n'en ai qu'un, l'abordage. Chaque navire anglais a quatre cents hommes d'équipage
en moyenne ; nous en avons six à sept cents,
nous, et des marins solides. Il n'y a pas à
hésiter.

— Et vous, Kellner ?

— Moi, je suis de l'avis de Kasaloff.

— Et vous, Pontins ?

— Je crois, dit le vainqueur du *Warrior* et
de la *Défence,* qu'on pourrait courir droit aux
navires anglais, et tâcher de les couper en
deux, comme fit l'amiral Tegethoff, à Lissa.

Chacun des officiers, interrogé à son tour,
donna un avis se rapprochant plus ou moins
ceux que venaient d'exprimer Pontins et de
Kasaloff.

— C'est bien, messieurs, dit le roi, je crois
que nous sommes d'accord. Vous allez retourner chacun à votre bord ; recommandez à vos
artilleurs de ne tirer que lorsqu'ils seront à
portée et presque sûrs de leurs coups de
canon ; qu'aucun d'eux ne vise la coque des
bâtiments anglais, tous leurs boulets doivent
porter dans la mâture, sur la cheminée et sur

les tourelles des vaisseaux. Vous présenterez toujours l'avant et vous tirerez sans cesse avec vos pièces de chasse et vos gros canons des tours. Pour la manœuvre à exécuter pendant le combat, vous recevrez mes instructions demain matin.

Deux jours après, le *Tamar*, commandé par le jeune Parisien Robert et qui avait été envoyé en éclaireur au delà du cap Finistère, revint à toute vapeur annoncer que la flotte anglaise s'avançait lentement.

Hopkins avait mis son pavillon sur le *Black-Prince*. D'après l'estime de Robert, les Anglais pouvaient être à cinquante ou soixante milles dans le nord. Maxime-Jean décida, séance tenante, que l'on ne se porterait pas au-devant d'eux.

La nuit allait tomber. Il n'y avait pas de lune. Hopkins, selon toute apparence, ne s'attendait point à être attaqué. Une heure avant le jour, on pourrait le surprendre.

Deux vaisseaux, l'*Achilles* et le *Sultan*, furent détachés de la flotte et prirent le large, sous les ordres de Nicolas Ramine, à la grande stupéfaction des autres commandants, qui ne s'expliquaient pas cette décision.

Toutes les prévisions du roi de Pola ne se réalisèrent pas. Les forces britanniques marchaient plus prudemment qu'on ne l'avait cru, et le soleil était levé quand les Polans se trouvèrent en présence de l'ennemi. Il faisait un temps magnifique. Maxime-Jean adressa aux aventuriers rangés sous ses ordres les simples paroles suivantes :

— Officiers et marins, souvenez-vous en combattant que vous allez fonder l'Empire des Mers !

En tête de la flotte polane était le *Monarch*, suivi de près par l'*Alexandra*, le *Minotaur* et le *Northumberland*. A deux kilomètres en arrière, Kasaloff, sur la *Défence*, précédait le *Warrior*, l'*Azincourt* et l'*Hercules*.

Un coup de canon partit du *Monarch* et aussitôt les huit vaisseaux et les steamers qui faisaient l'office de mouches d'escadre arborèrent le pavillon bleu de ciel aux quatre hirondelles d'or, ce pavillon bientôt l'emblème et le réprésentant de la plus grande puissance maritime qui ait jamais existé.

Hopkins ne croyait pas que ses adversaires, qu'il qualifiait de misérables brigands, osassent l'affronter. Certes, c'était un homme de mer énergique et il ne fut pas surpris. Tout avait été préparé pour la bataille. Seulement, il ne supposait pas que des bandits sans expérience pussent avoir l'audace de se mesurer avec les marins de Sa Majesté.

Maxime-Jean commettait déjà une faute grave à son avis, celle de diviser sa flotte en deux escadres. Il lui suffisait, pensait-il, de faire comme Nelson, à Trafalgar, se placer entre les deux divisions, battre l'une d'abord et se retourner ensuite vers l'autre pour en avoir facilement raison.

Les vaisseaux anglais prirent leur rang de combat sur deux lignes, avec le *Lord Warden* comme tête de coin pour pénétrer entre les deux parties des forces polanes.

C'est dans cet ordre que la bataille s'engagea. Mais voilà qu'au moment même où les premiers coups de canon étaient échangés, on vit pa-

raître dans le nord deux cuirassés qui arborèrent le drapeau bleu de ciel dès qu'ils furent à
portée. C'étaient l'*Achilles* et le *Sultan*. Le plan
du roi de Pola était maintenant facile à comprendre.

Les deux bâtiments, commandés par Nicolas
Ramine, avaient pour mission de faire une
démonstration sur le derrière de l'ennemi, afin
d'attirer sur eux une partie de ses forces ou
tout au moins d'obliger les vaissseaux placés
en arrière à retarder leur marche afin d'être
prêts à tout événement.

C'est ce qui arriva. Tandis que le *Lord Warden* naviguait droit aux Polans, la *Penelope* et
l'*Hector*, qui marchaient les derniers, diminuè-
rent leur vitesse et firent petite vapeur. Le
Condor et la *Victoria*, qui naviguaient en avant
de la *Penelope* et de l'*Hector*, ralentirent à leur
tour pour que la distance ne s'agrandît pas trop
entre eux et ces derniers.

L'amiral Hopkins lui-même imita cette manœuvre dans des proportions plus restreintes
avec le *Black-Prince* et l'*Invincible*.

Avec une sorte de furie, les vaisseaux polans,

dès qu'ils en eurent reçu l'ordre, partirent à toute vapeur contre le *Lord Warden*.

L'Anglais, cependant, se croyait toujours sûr de la victoire. Il ne calculait pas qu'à Trafalgar, Nelson avait un précieux auxiliaire, le vent, qui n'avait pas permis à Villeneuve de secourir à temps les Espagnols.

À Pontevedra, c'était bien différent. Aucun obstacle ne pouvait empêcher les deux divisions polanes de se secourir l'une l'autre, et les manœuvres de casse-cou que Nelson employa, tant en vue d'Aboukir que sur les côtes d'Espagne, ne seraient, de nos jours, que des actes de pure folie.

Selon l'ordre exprès du roi, les commandants des vaisseaux polans ne s'amusèrent pas beaucoup à riposter aux obus du *Lord Warden* et des deux cuirassés qui le suivaient. Ils marchaient sur l'Anglais à toute vitesse, avec une rapidité effrayante. Pendant ce temps, Nicolas Ramine se rapprochait et menaçait sérieusement les vaisseaux en queue.

Hopkins pénétra donc audacieusement entre les deux escadres et ouvrit aussitôt un feu terrible. Comme des volcans, le *Lord Warden*, l'*Invincible* et le *Black-Prince*, qui formaient la tête du coin, envoyaient des monceaux de fer et de feu sur l'ennemi.

Celui-ci ripostait à peine, mais la distance qui séparait Maxime-Jean et ses vaisseaux de ceux que commandait Kasaloff diminuait de plus en plus.

Toute la flotte polane, en un ordre admirable, s'abattit sur les trois navires que nous venons de nommer, et le coin se trouva tout à coup pris comme dans un étau, dont les deux côtés se resserrèrent, mais de façon à laisser pourtant au *Condor* et à la *Penelope* la faculté de venir se joindre aux trois premiers.

Alors commença la plus effroyable tempête d'obus qu'on ait jamais vue. Les énormes canons que l'Angleterre a fondus depuis vingt ans lançaient, avec leurs projectiles lourds comme des maisons, lançaient, dis-je, les plus assourdissantes clameurs qui aient retenti en mer.

Le vacarme, en une demi-heure, prit les proportions d'un paroxysme fou. Quand par hasard,

6

il s'écoulait une seconde pendant laquelle la voix des cent tonnerres qui mugissaient là se taisait, on distinguait le déchirement des mâts, le rebondissement des boulets sur les cuirasses faussées ou éventrées et les hurlements des marins qui s'excitaient.

Quant aux mourants, quant aux blessés, leurs cris de désespoir ou leurs blasphèmes ne parvenaient pas à produire quelque chose qui ressemblât à un murmure, au milieu de cet ébranlement général.

Ah ! les Anglais se battaient vraiment comme des héros, et quelqu'un qui eût pu les voir distinctement d'un lieu sûr aurait pu s'écrier, comme ce roi qui admirait ses vaillants ennemis :

— Les braves gens !

Ils firent des prodiges. Mais les deux divisions de la flotte polane continuaient à se rapprocher imperturbablement comme les deux pinces d'un formidable crabe, et pendant que Nicolas Ramine attaquait furieusement les deux ou trois vaisseaux qui s'étaient retournés pour lui tenir tête, le roi et Kasaloff écrasaient Hopkins, qui se défendait comme un lion.

Les Anglais ne furent pas longtemps à s'apercevoir qu'ils étaient perdus, si quelque miracle ou quelque inspiration de génie ne venait les tirer de ce mauvais pas.

Chacun de leurs vaisseaux, en effet, recevait deux ou trois coups pour un qu'il donnait aux Polans, tout à fait supérieurs en nombre. Le *Lord Warden*, qui avait le premier supporté tout l'effort de l'attaque ennemie, essaya d'un acte de désespoir. Son commandant, un des marins les plus braves et les plus intelligents du Royaume-Uni, voulut courir sus au *Monarch*, qui le serrait de plus près, et tenter de l'aborder par le travers avec son éperon, mais Maxime-Jean, qui devina la manœuvre, fit donner un coup de barre et présenta l'avant.

Le vaisseau anglais passa et reçut presque à bout portant une telle décharge qu'il en trembla d'un bout à l'autre comme s'il allait se déchirer.

Avec la vitesse qu'il avait prise, il dépassa le *Monarch* sans pouvoir rien faire et n'eut pas le temps, deux cents mètres plus loin, d'éviter la *Défence*, commandée par Pontins, qui lui tomba dessus et l'ouvrit à quelques pieds au-dessus de sa machine.

On entendit un cri poussé par quatre cents voix affolées, et l'on vit s'enfoncer le vaisseau, qui ne mit pas dix minutes à couler à pic.

Ce fut alors que le roi de Pola somma Hopkins de se rendre. L'amiral anglais répondit en envoyant tout ce qu'il put de boulets et de grenades autour de lui.

Et la bataille recommença. Les Anglais étaient un contre deux, car Ramine occupait toujours et terriblement le reste de la flotte. Il ne vint pas un moment à l'idée des officiers britanniques, je ne dis pas de se rendre, mais même de chercher leur salut dans la fuite.

Bien mieux, il sembla que l'amiral de Sa Très Gracieuse Majesté allait, à force de vaillance et d'obstination, ramener à lui les faveurs du dieu des batailles.

Il fit un signal qui ordonnait à tous les vaisseaux anglais de se jeter sur l'*Alexandra*, placé un peu à l'écart, et que commandait Kellner.

Le mouvement fut exécuté avec une rare précision, et l'*Alexandra*, écrasé, coulait bientôt à son tour. Mais Kasaloff et Capmartin, avec le *Northumberland* et le *Warrior*, lancèrent de chaque côté des grappins d'abordage sur l'*Invincible*, et une trombe d'Irlandais pleins de rage s'abattit sur l'Anglais, qui fut conquis en vingt minutes de combat.

Pontins, qu'on voyait partout où il y avait un acte héroïque à accomplir, allait, pendant ce temps, coller lui-même une torpille aux flancs du *Black Prince* et le faisait sauter avec l'amiral Hopkins, qui venait d'avoir un bras et la moitié de l'épaule emportés.

Il ne restait plus, dans les branches de l'étau, que la *Penelope* et la *Victoria*. C'eût été folie de leur part que de vouloir résister encore. Ils se rendirent, ou, pour mieux dire, ils ne se défendirent plus, car leur pavillon ne fut pas amené.

Quatre bâtiments de moindre dimension étaient aux prises avec Nicolas Ramine, qui faisait des prodiges. Quand ils virent que tout était perdu, ils manœuvrèrent pour gagner la haute mer et ramener au moins en Angleterre

6.

les débris de la puissante flotte qui en était partie soixante-douze heures auparavant.

Trois d'entre eux parvinrent en effet à se sauver, mais l'*Hector* fut rejoint à temps pour être pris à l'abordage.

La victoire de Maxime-Jean était un triomphe. Il avait perdu un de ses vaisseaux, l'*Alexandra*, mais il en avait amariné quatre.

Une pareille défaite constituait pour l'Angleterre un désastre d'un effet moral autrement déplorable que l'incendie et le rapt de ses vaisseaux, accomplis quelques semaines auparavant. Albion venait de rencontrer enfin un ennemi redoutable et son prestige maritime était entamé.

V

L'ANGLETERRE SE RECUEILLE. MAXIME-JEAN AUSSI.

La bataille de Pontevedra eut un incroyable retentissement. La nouvelle en pénétra partout où les Anglais envoyaient des navires, partout où ils avaient des comptoirs, c'est-à-dire dans l'univers tout entier.

Mais ce fut surtout en Europe que l'effet produit par ce désastre fut immense. La « baleine » selon l'expression employée par M. de Bismark en parlant du gouvernement britannique, la « baleine » venait de rencontrer un autre monstre marin qui paraissait de taille à lui tenir tête. Dans les chancelleries du continent, chacun s'évertua naturellement à prévoir les conséquences d'un pareil événement. C'est l'A B C du métier.

Les divers cabinets européens n'en étaient certainement pas à croire que l'Angleterre fût abattue pour quelques vaisseaux brûlés ou enlevés et pour une bataille perdue.

On connaissait trop la ténacité saxonne pour ne pas être convaincu que les Anglais auraient le dernier mot ; mais chacun n'en pensait pas moins que l'heure était venue de tirer profit d'une situation aussi nouvelle qu'inattendue.

Le gouvernement italien, ou pour mieux dire le peuple italien, fut le premier, par pur hasard sans doute, à se demander s'il ne pourrait rien gagner à l'abaissement de l'Angleterre. Le développement de l'Italie n'a jamais eu lieu que grâce à l'écrasement de quelqu'un. Il était donc naturel que le cabinet de Rome vît dans la défaite de l'Angleterre, sans trop pouvoir dire comment, une probabilité d'agrandissement.

C'est pourquoi, quatre jours après la bataille de Pontevedra, les journaux de la Péninsule insinuaient déjà qu'il fallait conclure une alliance offensive et défensive avec Maxime-Jean Ier. Selon l'usage, les mêmes journaux déclarèrent à la France qu'elle eût à se bien tenir.

L'Espagne, de son côté, rêva de Gibraltar et du Maroc.

Le ministère français, lui, n'eut d'autre inquiétude que de savoir ce qu'en pouvait bien penser M. de Bismarck. L'Autriche jeta un œil de concupiscence sur Constantinople, et ses regards se croisèrent avec ceux de la Russie.

Le Sultan et ses conseillers se bercèrent de douces illusions touchant l'Égypte, et enfin l'Allemagne se contenta provisoirement de planer sur toutes ces ambitions pour les faire

mouvoir à son profit, si c'était possible, quand
le moment serait venu.

Mais, comme nous l'avons dit, l'Angleterre
n'était pas encore abattue : loin de là, le coup
qu'elle venait de recevoir était rude, surtout
pour son amour-propre de puissance navale.
Mais, en somme, il n'y avait eu jusqu'ici que la
bataille de Pontevedra pour porter atteinte à
son prestige, et le succès du roi de Pola pouvait
être, après tout, le résultat d'une surprise.

Le malheur, c'est que l'Angleterre n'avait
pas, sur l'heure, de navires prêts à prendre la
mer.

Il lui restait bien, dans toutes les mers du
monde, des stationnaires ou des escadres
volantes. Mais les bâtiments qui les composaient n'étaient pas bien puissants, et ils pouvaient être détruits s'ils tentaient de rallier les
ports de la métropole.

Avec cette décision qui est le côté propre
du caractère anglais, le cabinet de Londres
décréta qu'on allait préparer une revanche aussi
prompte que possible. En plein Parlement, le
premier lord de la Trésorerie osa dire qu'il

faudrait six mois pour être prêt ; mais il ajouta qu'alors la victoire était certaine.

Lord Salisbury fit remarquer que pendant ces six mois, Maxime-Jean aurait le temps de ruiner le commerce anglais.

« Il y a quelque chose de plus respectable que le commerce anglais, répondit M. Gladstone aux applaudissements de la Chambre, c'est la nation anglaise elle-même. (Écoutez ! écoutez !) En essayant de former à la hâte une nouvelle flotte, nous irions au-devant d'un nouveau malheur. Nous prendrons notre temps, nous agirons avec lenteur et sagesse, et par conséquent avec sûreté. Que cet aventurier nous prenne pendant ces six mois quelques navires de commerce, qu'il exerce sa piraterie, il n'échappera pas pour cela au châtiment que nous lui réservons. »

Le roi de Pola laissa M. Gladstone le menacer. Il avait un répit de six mois pour s'organiser et pour faire tout le mal possible à la marine marchande. Il n'était pas homme à ne savoir pas en profiter.

Dès qu'il eut gagné la bataille de Pontevedra,

Maxime-Jean, qui avait maintenant sous ses ordres une flotte de douze vaisseaux cuirassés de premier rang, envoya la moitié de ses forces s'emparer de Chypre. Après quoi il alla se ravitailler au Ferrol. Ce fut de là qu'il adressa la fameuse proclamation « à tous ceux qui haïssent l'Angleterre » dans laquelle il invitait tous les chercheurs d'aventure des deux mondes à se joindre à lui, leur promettant beaucoup de gloire et les dépouilles opimes des Anglais. Il leur donnait rendez-vous à New-York, où, en effet, il se rendit avec Kasaloff.

Pontins, créé comte de Pontevedra le lendemain de la bataille, en récompense du courage, de l'audace et de l'intelligence qu'il avait montrés en coulant un vaisseau et en faisant sauter le *Black Prince*, monté par Hopkins lui-même, Pontins, dis-je, reçut la mission d'aller avec trois bâtiments mouiller dans la baie Diego Suarez, à Madagascar, et d'attendre là le retour du roi, sans négliger cependant de mettre la main sur tous les navires anglais qui se montreraient dans le canal de Mozambique.

En gagnant New-York, Maxime-Jean ne négligea pas, bien entendu, de faire la chasse aux steamers anglais. Il prit deux navires à l'Anchor-Line, un à la Cunard-Line, un à la Inman-Line, deux à la Moss-Line et trois à la Royal-Mail.

C'est à la prise du *Trent*, appartenant à la Royal-Mail, qu'il se produisit un incident tout à fait inattendu, mais assez curieux.

Parmi les passagers du *Trent* se trouvaient lord Killyett et sa fille. Le noble lord et lady Helena furent conduits devant le roi, qui voulut les recevoir avec une certaine solennité.

Lady Helena était un peu effrayée, mais toujours charmante.

Quand elle reconnut dans le roi de Pola le passager du *Lapwing*, elle parut tout à coup rassurée, à ce point qu'elle eut un sourire. Maxime-Jean souriait aussi en la regardant avec un air de bonté dont on n'aurait pas cru capable son énergique visage.

Quant à lord Killyet, l'expression hautaine et un peu bourrue de ses traits n'avait pas changé.

Il toisa Darnozan en homme décidé à ne faire aucune concession.

— Milord, dit Maxime-Jean, vous m'avez sans doute reconnu. Vous voyez que j'ai tenu parole.

« Je suis roi, et votre pays sait que je suis un roi sérieux, un roi guerrier, un roi administrateur. Je serai dans un an ou deux un roi glorieux. Voulez-vous me donner la main de votre fille ?

« Lady Helena serait une fort belle reine, ajouta le jeune homme en s'inclinant, et je m'engage à lui offrir un trône qui n'aura pas son pareil dans l'univers. »

La jeune fille rougit. Son père ne se dérida pas.

— La proposition que vous me faites, répondit-il, me paraît aussi insolente aujourd'hui, sur ce vaisseau dont vous êtes le maître, qu'elle l'était dans la mer du Sud, quand vous l'avez formulée pour la première fois.

— Et vous refusez ?

— Je refuse, cela va sans dire.

— Et vous refuseriez même si votre entête

ment devait causer la ruine irrémédiable de votre pays ?

— Oui, je refuserais, même dans ce cas. Mais ne vous flattez pas. L'Angleterre n'est pas une nation que l'on abat aussi facilement que vous semblez le croire, et si le gouvernement veut me confier une flotte, je vous montrerai comment on châtie un aventurier.

— Vous répétez là des paroles déjà prononcées par M. Gladstone, et je vous félicite de la bonne opinion que vous avez de vous-même, répartit le roi. Je veux, autant qu'il est en mon pouvoir, vous fournir l'occasion de me livrer bataille, et pour cela, je vais vous faire conduire en Angleterre, ainsi que lady Helena. Vous pourrez armer des vaisseaux. Je vous attends. Nous nous battrons escadre contre escadre, bâtiment contre bâtiment, à votre choix. Ce sera une bataille ou un duel. Je suis, pour cela, tout entier à votre disposition. Milady, ajouta Maxime en s'inclinant, je vous assure de mon respectueux attachement. Vous êtes libre.

Et sans attendre un mot du lord, il se retourna vers son ministre de la guerre, dont le

navire avait été coulé à Pontevedra et qui
exerçait depuis, à bord du *Monarch*, les fonctions de chef d'état-major général.

— Kellner, lui dit-il, que tous les officiers
du *Trent* retournent à leur poste; que les passagers reprennent leurs cabines, et donnez au
capitaine un laissez-passer pour qu'il n'arrive
aucun désagrément à lady Helena, pas plus
qu'à son père. Au revoir, milord, ajouta le roi
un peu ironiquement, si je n'ai pas le plaisir
de vous rencontrer sur mer, j'aurai probablement l'honneur d'aller vous redemander la
main de milady, à Londres même.

Et comme lord Killyett prenait un air dédai-
gneux :

— Vous auriez tort d'en douter, milord, après
des événements qui vous prouvent si bien que
je sais tenir parole.

Une heure après, le *Trent*, portant le pavillon
bleu de ciel, car Maxime-Jean avait exigé cela,
reprenait sa route interrompue, et repartait
pour Liverpool.

Quand le vainqueur de Pontevedra mouilla
devant New-York, il fut reçu avec les honneurs

royaux. Le gouverneur savait que la plupart
des compagnons du roi étaient citoyens des
États-Unis. Il voulut leur être agréable. Dès
que Maxime-Jean eut mis le pied sur la terre
américaine, il fut accueilli par une nuée de
volontaires qui demandaient à s'embarquer sous
ses ordres. Pendant quinze jours, chaque
paquebot venant d'Europe, chaque train venant
de l'intérieur de l'Union, amenaient des soldats
et des marins au roi de Pola. Il se produisit
même en pleine mer un fait singulier. L'un des
vaisseaux de Maxime-Jean captura un vapeur
anglais uniquement chargé d'Irlandais qui
venaient s'engager sous ses ordres.

En se rendant à New-York, Darnozan avait
trois objets en vue : 1° racoler des volontaires,
et l'on vient de voir que ceux-ci ne manquèrent
pas ; 2° voir son banquier de San Francisco auquel il avait télégraphié sa venue et qui arrivait
auprès de lui six jours après ; 3° embaucher des
ingénieurs et des ouvriers pour établir des ateliers de construction à Madagascar et à Saint-Domingue, car il était résolu à s'emparer de ces deux
îles, ce qui n'était pas d'une grande difficulté.

Il fallut d'abord négocier avec le banquier un emprunt d'État. Les choses allèrent toutes seules après ce qui s'était passé. Maxime-Jean n'eut qu'à parler pour obtenir les deux cents millions dont il avait besoin. Et même le télégraphe ayant porté la nouvelle de cet emprunt en Europe, le roi de Pola reçut de Paris, d'Amsterdam et, qui le croirait? de Londres, des offres de capitaux les plus larges et les plus avantageuses.

Mais Maxime-Jean était un homme trop sérieux pour perdre la tête et se laisser entraîner plus loin qu'il ne l'aurait voulu. Il refusa ou ajourna, et se contenta de l'argent des Américains, avec lequel il reprit la mer.

En passant aux Antilles, il débarqua deux mille hommes sur les côtes de Saint-Domingue. Sous les ordres de Kellner, cette petite armée, qui était suffisamment pourvue d'artillerie et de fusils à longue portée, culbuta sans efforts toutes les troupes nègres que purent lui opposer Haïti et la République dominicaine. Une seule fois, l'armée haïtienne, sans remporter une victoire, parvint à livrer une bataille dont le résultat fut indécis ; mais Kellner ayant attaqué ses ennemis le lendemain, au jour, ceux-ci, qui s'attendaient sans doute à se reposer quelque peu, trouvèrent le procédé par trop pressant, se débandèrent et tout fut fini. L'île entière se soumit en peu de temps et Kellner, après avoir édicté des lois extrêmement sévères, installa lui-même les chantiers de construction et des forges pour la marine. Après quoi, il nomma un gouverneur. C'était Joshua Klett, de Chicago, un gouverneur à poigne s'il en fût jamais.

Quand tout fut bien réglé, Kellner partit pour Madagascar, où le roi lui avait donné rendez-vous.

William Smith, de son côté, n'avait plus rien à faire à Perim, qu'occupait une vigoureuse et nombreuse garnison de Malais presque sauvages. Sur l'ordre télégraphique du roi, il avait mis le cap, lui aussi, sur Madagascar, et il était arrivé dans la baie Diego Suarez quelques jours après Pontins.

Des instructions cachetées leur ordonnaient de débarquer la moitié de leur monde et d'engager en nombre considérable des noirs du

Malabar pour construire des redoutes sur des
sommets bien choisis, et pour assainir la côte,
autant que possible, en comblant les marais.

William Smith et Pontins se mirent à l'œuvre
tout de suite. La reine des Hovas envoya contre
eux une petite armée. Les Polans ne l'atta-
quèrent pas, mais chaque fois qu'elle voulut
se montrer ou faire mine de troubler les travaux, elle fut sévèrement reçue et cruellement
reconduite à distance respectueuse. Comme
Smith et Pontins n'épargnaient pas les nègres
qui travaillaient pour eux, et en même temps
embauchaient tous ceux qui se présentaient, les
travaux marchèrent avec une grande rapidité.

Quand Maxime-Jean arriva, le plus fort
était fait.

Le roi n'avait pas perdu son temps en route.
Il s'était emparé d'une île dont la perte fut
extrêmement sensible aux Anglais, l'île de
l'Ascension, le plus vaste magasin de charbon
et d'approvisionnements que le gouvernement
de la Reine possède au sud de l'équateur, dans
l'Atlantique.

Maxime, après l'avoir occupée, s'y était ravi-

taillé de charbon, de vivres et même de munitions.

Smith et Pontins s'y rendirent à leur tour
pour le même objet, dès l'arrivée du roi, et
celui-ci donna une impulsion nouvelle aux travaux de la baie Diego Suarez

Il fonda sur les terrains solidifiés un arsenal
immense, où les constructeurs américains com
mencèrent leurs travaux. Des ateliers de toutes
les industries se rattachant à la marine de
guerre furent établis sous la protection des
redoutes construites par Smith et Pontins, et
en moins de trois mois il régna une activité
inénarrable sur cette côte hier encore déserte.

Cela se passait au commencement de 1886.
Les Français, qui deux ans auparavant avaient
été sur le point d'occuper l'île sur laquelle ils
avaient des droits authentiques, s'étaient laissés
intimider par l'Angleterre après la guerre du
Soudan et avaient abandonné la partie.

Aussi les Malgaches étaient-ils devenus d'une
rare insolence et supportaient-ils impatiemment
une pareille installation.

La population de l'île est très nombreuse,

brave, et devint menaçante. Il eût été imprudent d'atermoyer, de temporiser, ou de repous-
ser seulement des attaques qui devenaient
chaque jour plus fréquentes. Il fallait frapper
fort et promptement.

A l'aide d'un ballon captif, Maxime-Jean fit
étudier la configuration du pays qui est, de ce
côté, fort raboteux et coupé par de nombreux
ravins.

Puis il envoya un ambassadeur déclarer la
guerre à la reine.

Les ministres de Ranavalo, les quinzième
honneur, comme on dit là-bas, ne trouvèrent
alors rien de mieux que de faire savoir à
Maxime que s'il avait l'imprudence d'entamer
la guerre, l'Angleterre viendrait à leur secours.

Ils le menacèrent même du fameux commandant Johnstone, de la *Dryad*, qui se tenait coi
dans un port voisin et que Smith fut chargé
d'aller cueillir.

Les Malgaches ne se doutaient pas que la
nation britannique avait d'autres soucis que celui de les protéger en ce moment. Maxime-Jean

7.

les attaqua sans retard, les battit à plate cou-
ture en six rencontres, pénétra jusqu'à Tana-
narive, s'empara de la reine qu'il mit en prison,
et de quelques seigneurs d'importance, qu'il fit
pendre en les traitant de rebelles. Cet acte de
violence, qui était un peu vif, eut néanmoins
pour résultat d'épouvanter à ce point les Malgaches que, de tous les points de l'île, les sou-
missions arrivèrent.

Du reste, les Hovas, qui sont les seuls habitants de Madagascar familiarisés avec la guerre,
ayant en très grand nombre péri dans les six
grandes batailles, il n'y avait plus aucune résistance à redouter de la part des autres tribus, enchantées de ce qui était arrivé à leurs oppresseurs, et le roi de Pola resta maître de ce pays
immense, où il se fit proclamer *roi des Iles.* Sa
capitale fut la cité qu'il venait de fonder et qu'il
appela Villejean, de l'un de ses prénoms.

Dès qu'il eut achevé sa conquête, Maxime-
Jean donna une impulsion étonnante aux travaux d'assainissement de la côte, et surtout à
la construction des engins de guerre.

Tous les ouvriers intelligents, de quelque

couleur qu'ils fussent, travaillèrent aux navires en construction ou aux machines. Tous ceux dont la force physique était la seule qualité restèrent employés aux terrassements.

Le roi voulut avoir autant de monde que possible pour ces deux sortes de travaux ; c'est pourquoi il fit engager, à des prix relativement élevés, plusieurs milliers de Malabars qui, avec les Hovas et les autres Malgaches prisonniers, firent en peu de temps une besogne extraordinaire et rendirent salubre, ou à peu près, une partie de cette terre de Madagascar dont les côtes ont été appelées le cimetière des Européens.

Huit mois après l'arrivée du roi, tout le tour de la baie Diego Suarez était assaini ; les terrains marécageux avaient été desséchés, un quai superbe s'achevait, un certain nombre de maisons, le palais du roi étaient habités, et les travaux maritimes avaient été poussés avec une telle activité que quinze machines de guerre d'un nouveau modèle allaient être lancées.

Du reste, rien ne pressait ; les Anglais, au lieu de mettre six mois à préparer la campagne, consacrèrent une année entière à cette besogne.

Cela permit au roi de Pola de faire venir des ouvriers chinois et japonais. Et ces parfaits imitateurs lui construisirent, sur des modèles déterminés, des vaisseaux de guerre et jusqu'à des machines à vapeur.

Pendant ce temps, les officiers de Maxime-Jean faisaient la chasse aux navires anglais et dressaient des embuscades où venaient tomber les plus rapides steamers.

Ces prises furent pour la caisse de Darnozan d'un rapport extraordinaire, et c'est avec les ressources provenant des bâtiments britanniques que Maxime-Jean entretenait et payait régulièrement une armée composée déjà de huit à dix mille hommes et une marine encore plus considérable.

VI

LES TORTUES

Cependant, on commençait à s'impatienter en Angleterre. La plupart des lignes de paquebots, tant pour l'Amérique du Nord que pour l'Inde, l'Afrique et les mers du Sud étaient ruinées. Telle compagnie avait perdu jusqu'à dix navires de sa flotte. Telle autre en était réduite à mettre à la mer de vieux steamers hors d'usage et dont le sort était certain.

On peut toucher à l'amour-propre des Anglais, mais il ne faut pas toucher à leur commerce. Or, il est facile de comprendre que si les navires partis ne revenaient pas, les prodigieux épiciers de Londres commençaient à manquer de matières premières.

Les affaires allaient donc pitoyablement et de toutes parts on se plaignait.

Les bateaux à vapeur et à voiles, chargés de produits anglais, dont s'emparaient les marins de Maxime-Jean, ne rapportaient plus de bénéfices qu'aux ennemis de l'Angleterre.

Une sourde agitation régna d'abord dans les villes manufacturières.

Manchester, Sheffield, Leeds, furent les premières qui se plaignirent hautement de l'inaction du ministère. On n'ignorait pas que le roi de Pola, grâce à son emprunt, faisait de son côté des armements considérables, et l'on ne se gênait plus pour imprimer dans les gazettes que la flotte anglaise ne serait pas prête avant deux ans.

Des meetings monstres furent tenus partout et principalement à Londres, dans Hyde-Park. On y réclama une politique plus énergique, l'appel de tous les marins anglais sous les armes, la formation d'une armée de terre respectable et la création de flottes composées des navires de commerce qui n'osaient plus sortir des ports et auxquels on donnerait des lettres de marque pour faire la course.

Un orateur proposa même de rendre à Maxime-Jean la monnaie de sa pièce, en envoyant des gens déterminés brûler les vaisseaux « de cet audacieux bandit ». On l'appelait toujours bandit.

Le gouvernement alors fit paraître un article dans le *Times*, pour démontrer aux Anglais qu'il serait vain de vouloir créer des flottes de petits navires armés pour la course. Les Polans, en effet, ne possédant pas de marine marchande qu'on pût détruire, aucun des steamers transformés en corsaires ne pouvait avoir l'étonnante prétention de lutter contre les cuirassés de Maxime-Jean.

Enfin, vers la mi-mai de 1886, on put annoncer que la flotte anglaise allait prendre la mer. Elle comptait dix-huit vaisseaux formidables, armés de canons monstres, qui pouvaient envoyer des projectiles de quinze à vingt quintaux à la distance incroyable de onze kilomètres. L'Amirauté, qui voulait en finir d'un seul coup avec Maxime-Jean, mit en même temps à la mer plus de vingt bateaux-torpilles de diverses formes et de différentes grandeurs, qui devaient escorter les cuirassés et faire sauter tout ce qui leur tomberait sous la proue.

Sir Beauchamp Seymour, nommé au commandement de cette invincible Armada, reçut l'ordre d'aller, avant tout, reprendre l'île de Chypre à Kasaloff, qui venait de s'en emparer.

Le ministre de Maxime avait installé, à Famagouste, à Limassol et à Larnaca, des garnisons sérieuses, composées de Grecs et d'anciens bachi-bouzoucks turcs, qui considéraient, les uns et les autres, l'occupation de

Chypre et de l'Égypte par les Anglais comme une abominable et intolérable usurpation de leurs droits.

Après avoir reconquis Chypre, Seymour devait s'engager dans le canal de Suez, traverser la mer Rouge dans toute sa longueur ; bombarder Perim et l'enlever ; puis se rendre dans la baie Diego-Suarez qu'on appelait, dans le *Standard*, le « repaire du pirate » ; tout détruire sur la côte si on ne trouvait pas Maxime-Jean, et l'écraser lui-même, s'il avait l'inconcevable audace d'offrir la bataille. Les détails que donnèrent les journaux sur les nouveaux vaisseaux calmèrent la mauvaise humeur et l'impatience des Anglais, qui saluèrent avec confiance la fin prochaine de l'anémie commerciale dont les Trois-Royaumes se mouraient.

Il est impossible de se faire une idée exacte des imposantes forces que l'Angleterre envoyait contre le roi de Pola. L'imagination la plus folle ne trouverait rien qui soit comparable aux engins de destruction inventés par le génie maritime de l'Angleterre.

Un colonel Scott avait construit des navires

étranges, ayant la forme d'un obus et dont l'avant était muni d'un appareil pneumatique. Trois hommes seulement les manœuvraient et étaient suffisants pour les diriger vers un des vaisseaux ennemis, auquel ils devaient se coller par la succion.

Une fois le bateau accroché par le vide, il n'y avait qu'à ouvrir un panneau à l'arrière. L'eau de la mer entrait avec une sorte de furie dans une cage étanche et déterminait par la pression une explosion de dynamite épouvantable.

Cela s'appelait des bateaux-volcans.

Les trois hommes qui les montaient avaient d'ailleurs le temps de se sauver dans un minuscule canot plongeur, ayant la forme d'un cigare, et qui ne reparaissait que deux kilomètres plus loin.

Il y avait des brûlots d'un nouveau genre et des obusiers à la gueule invraisemblable.

Quand Beauchamp Seymour prit la mer, une foule énorme se tenait sur les jetées, aux fenêtres, sur les toits et jusque sur les coteaux voisins.

Parmi ces curieux, que pour la plupart

enflammait le chauvinisme anglais, il y avait
— il faut le dire — bien des gens pour qui les
hurrahs de leurs compatriotes résonnaient tris-
tement.

Plus d'une pauvre femme, mère, épouse ou
fiancée, avait le pressentiment d'un malheur et
regardait la formidable armée navale avec une
douloureuse inquiétude.

Lady Helena Killyett était de celles-là. Elle
se souvenait à quel homme son pays avait
affaire. Elle savait qu'il ne lui avait pas fallu
plus de huit mois, à ce héros, sans autre res-
source que son génie, pour infliger un sanglant
échec à la plus puissante marine de l'univers,
et certes elle était convaincue que si le gouvernement de M. Gladstone avait fait des
prodiges, Maxime-Jean, de son côté, n'était
point resté inactif.

Et elle redoutait un malheur, car son père
avait obtenu un commandement sous les ordres
de l'amiral dont la flotte représentait l'Angleterre et sa fortune.

Lord Killyett, plus orgueilleux que jamais,
non seulement ne pouvait admettre que sa fille

épousât un aventurier comme Darnozan, mais encore avait sévèrement défendu à lady Helena de parler à qui que ce fût de la prétention du roi de Pola, de peur qu'il ne se trouvât, soit auprès de la Reine, soit dans le ministère, un homme qui forçât le noble lord à sacrifier sa fille.

Lady Helena, dans le fond de son âme, ne voyait pas les choses du même œil que son père, et si on l'y eût invitée, elle n'aurait point refusé de sauver son pays en épousant le roi.

Personne, par conséquent, hors les trois principaux intéressés, ne savait par quel moyen on pouvait faire la paix avec Maxime-Jean.

Une profonde tristesse était peinte sur la physionomie d'Helena ; et pourtant, une mélancolie qui n'était pas sans charme emplissait son âme à l'aspect des derniers vaisseaux disparaissant à l'horizon.

Beauchamp Seymour et les innombrables bâtiments qu'il commandait se dirigèrent en un ordre admirable vers le détroit de Gibraltar. L'amiral avait mis son pavillon sur le plus redoutable de ses vaisseaux, à qui l'on avait donné le nom significatif de *England*.

Tous les autres navires étaient baptisés de vocables qui traduisaient l'émotion du peuple anglais, et qui équivalaient à une déclaration de la « Patrie en danger ».

L'un s'appelait *The Queen*, l'autre *Prince of Wales*, celui-ci *Scotland*, celui-là *Ireland*, puis d'autres *India*, *Australia*, *Mauritius*, *Egypt*, *Dominion*, *Perim*, etc.

De tels noms indiquaient la ferme, l'inébranlable résolution de défendre pendant des années et des années, s'il le fallait, les terres sur lesquelles flottait le drapeau britannique.

Il faut ajouter que parmi les hommes qui composaient la flotte, et au nombre desquels on ne comptait pas un Irlandais, tant l'amirauté s'était gardée de rien abandonner au hasard, il n'était pas un marin qui ne fût décidé à mourir pour le service de Sa Majesté.

Ce fut le 2 juin que l'amiral Beauchamp Seymour s'engagea dans le détroit de Gibraltar. Jusque-là, Maxime-Jean ne s'était pas montré. L'amiral anglais, comme Hopkins, n'était pas trop éloigné de croire que son adversaire n'oserait pas l'affronter.

Il ne fut pas longtemps à revenir de cette erreur. Dans la soirée du même jour, 2 juin, les vaisseaux qui marchaient en tête de la flotte anglaise entendirent une détonation d'une violence extraordinaire, et virent, presque en même temps, tomber à quelques mètres de l'un d'eux un projectile hors de proportion avec tout ce qu'on avait connu jusqu'alors.

L'amiral Beauchamp Seymour, ou plutôt lord Alcester, averti, envoya aussitôt deux légers avisos pour se rendre compte des forces que les Anglais avaient devant eux. Mais le jour tombait : on renvoya les choses au lendemain matin.

Or, pendant la nuit, un navire venant de Tarifa sous pavillon espagnol se mit en relation avec la flotte britannique, et le capitaine qui, en réalité, était Écossais, demanda qu'on le conduisît auprès de l'amiral, auquel il avait, disait-il, de graves nouvelles à rapporter.

Introduit auprès du célèbre marin, l'Écossais lui révéla que le détroit de Gibraltar était littéralement barré, et qu'aucun navire n'y pouvait passer sans la permission de Nicolas Ramine.

— Combien ce Nicolas Ramine a-t-il de vaisseaux? demanda lord Alcester.

— Ce ne sont pas des vaisseaux qu'il a sous ses ordres.

— Qu'est-ce donc?

— Ce sont des forteresses flottantes.

Et, en effet, Maxime-Jean avait mis l'année à profit pour faire construire douze machines de guerre telles qu'on n'en avait jamais vu.

S'inspirant, en la rendant pratique, de l'idée qu'a eue, il y a vingt-cinq ans, l'amiral russe Popoff, il avait demandé aux ingénieurs américains de lui construire d'immenses bâtiments entièrement ronds, d'un diamètre de quatre cents mètres environ, pouvant contenir dans leurs flancs une garnison considérable, couverts d'un toit en acier d'une épaisseur prodigieuse et bâti en dos de tortue, de façon à ce que les obus ennemis ne fissent que ricocher sur cette glissante carapace.

Les vaisseaux de l'amiral Popoff, que l'on appelait des *Popoffska*, étaient, croyons-nous, hexagones, et leur inventeur les destinait à naviguer.

Dans la pensée de Maxime-Jean, au contraire, les formidables bâtiments qu'il avait mis à la mer n'avaient d'autre mission que de s'embosser dans les passages étroits et de les boucher entièrement. Il y en avait cinq dans le détroit de Gibraltar et sept à l'ouest de Perim. Tant qu'on ne les aurait pas balayés, la Méditerranée, le canal de Suez et la mer Rouge restaient donc inaccessibles.

En écoutant ce récit, l'amiral Seymour souriait. Évidemment, il considérait le rapport qu'on lui faisait comme entaché d'exagération. Sachant combien peu avaient réussi les Popoffska, le marin anglais ne cachait pas son mépris pour les forts à vapeur du roi des Iles.

— Ainsi, dit-il, vous avez vu de près ces léviathans?

— Oui, monsieur.

— Ils ont de l'artillerie?

— Une artillerie extraordinaire. Les canons, placés dans des embrasures de fer, sont protégés pendant tout le temps qu'ils restent muets, par une énorme masse de métal bouchant l'embrasure et ne pouvant être trouée par aucun projectile.

— Et comment ces étonnants produits de l'industrie polane se tiennent-ils dans le détroit? Sont-ils sous vapeur?

— Non, ils sont mouillés sur huit ancres avec des chaînes énormes et constituent, je vous l'assure, amiral, une force devant laquelle il ne faut pas sourire.

— C'est ce que nous verrons demain. Ces forteresses, comme vous les appelez, ces nouveaux dragons des Hespérides, c'est le cas de les appeler ainsi, ne sont pas si méchants qu'on ne puisse forcer le passage qu'ils gardent.

— Je crois que cela sera difficile, car chacun des forts à vapeur est assez près de l'autre pour pouvoir couvrir de fer et de feu ceux qui tenteraient de se glisser à travers les mailles du filet.

Lord Alcester congédia l'Écossais en lui laissant entendre qu'il le trouvait pusillanime, et envoya aussitôt ses ordres pour qu'on attaquât au point du jour.

L'Europe entière avait les yeux fixés sur le

détroit. Les tortues — c'est ainsi qu'on appelait dans la flotte polane les citadelles flottantes de Maxime-Jean, — les tortues avaient
mouillé nuitamment, depuis quarante-huit
heures, à quatorze kilomètres à l'ouest de
Gibraltar, et le télégraphe en avait porté la
nouvelle aux confins du monde.

L'amiral Seymour, étant en pleine mer,
n'avait pu être averti. Du reste, le cabinet
anglais n'avait qu'un seul ordre à donner à lord
Alcester : attaquer et passer quand même.

Partout où il y a une station télégraphique
au monde on savait cela, mais on savait aussi
par les descriptions des tortues que les Anglais,
déjà intimidés par le désastre de Pontevedra,
dont l'anniversaire approchait, auraient tout le
mal du monde à combattre ces vaisseaux d'un
nouveau genre.

— Il est vrai, disait-on partout, que les Anglais ont les torpilles, dont ils savent si bien se
servir.

En effet, l'amiral Seymour comptait beaucoup sur les torpilleurs pour débarrasser le
détroit des obstacles qui l'obstruaient.

Dès que le jour parut, — c'était le 3 juin, à trois heures et demie du matin, — la flotte anglaise s'avança vers les tortues.

Celles-ci restaient immobiles et silencieuses dans le courant, comme si lord Alcester et les vaisseaux qu'il commandait n'eussent pas existé. On eût dit véritablement de gigantesques tortues dormant à la surface de l'eau.

L'Anglais semblait avoir adopté la tactique employée par Maxime-Jean à Pontevedra : six vaisseaux escortés de torpilleurs se dirigèrent à toute vitesse sur la tortue n° 5, c'est-à-dire sur celle qui se trouvait le plus près de la côte d'Afrique. Évidemment, le but de l'amiral était de l'écraser avec des forces supérieures et de la faire sauter avant que les autres pussent la secourir. Après quoi il en attaquerait une autre. L'idée n'était pas mauvaise. De la côte du Maroc, il ne pouvait venir aucun secours aux Polans, et la flotte anglaise, en passant entre la terre et le fort à vapeur, gagnerait facilement Gibraltar et la Méditerranée.

Dès que lord Alcester eut accusé son mouvement, les lourdes machines de guerre du roi de Pola parurent sortir de leur indifférence. Deux d'entre elles, grâce à leur cabestan à vapeur, eurent bientôt levé l'ancre et se dirigèrent vers un autre mouillage, de façon à suffire à quatre pour barrer le détroit.

Quant à celle qu'attaquaient les Anglais, elle dérapa également et s'avança lentement vers l'ennemi, qui se mit à la cribler d'obus et de boulets.

On se souvient de la stupéfaction qui frappa l'Europe lorsque, pendant la guerre de Sécession, on apprit que le *Merrimac*, de la flotte du Sud, avait traversé une formidable escadre des fédéraux en semant les ravages autour de lui et sans éprouver une avarie.

Le même phénomène se reproduisit à la bataille de Gibraltar. La tortue n° 5 vint bravement se placer au milieu des vaisseaux ennemis, comme si son intention eût été de se faire complètement cerner, et une fois au centre de l'escadre qui voulait la détruire, elle vomit de tous côtés, avec une prodigieuse violence, un amas de fer.

Les projectiles anglais, qui tombaient dru sur

sa carapace, ne produisaient aucun effet. Grâce
à l'habileté d'une telle construction, chaque
obus, ne trouvant nulle part une surface plane,
rebondissait en éclatant ou sans éclater et allait
se perdre dans la mer.

Bien mieux : quand le fort à vapeur se fut
placé au point central du cercle formé autour
de lui par les cuirassés anglais, plus d'un boulet
britannique, après avoir touché le dos de la
tortue, décrivait une nouvelle parabole et
tombait sur les vaisseaux d'Albion eux-mêmes,
où il faisait d'énormes ravages.

Pendant que Nicolas Ramine — car c'était
Nicolas Ramine qui montait la tortue n° 5 —
résistait seul à plus de douze navires, dont six
torpilleurs, le reste de la flotte anglaise essayait
de forcer le passage.

Jamais on ne vit pareille fureur dans l'attaque,
ni semblable vigueur dans la défense. Chacune
des tortues s'entourait à chaque minute d'un
cercle de feu et vomissait d'épouvantables projectiles.

Déjà le *Scotland*, le *Dominion* et l'*India*, parmi
les cuirassés anglais, avaient beaucoup souffert.

Lord Alcester, dépité, donna l'ordre de battre en retraite, pour se préparer à une autre tentative mieux organisée. Les Anglais abandonnèrent donc le champ de bataille sans être ni vainqueurs ni vaincus, mais avec la honte d'avoir échoué dans leur premier assaut contre les forts à vapeur de Maxime-Jean.

Cinq machines de guerre d'un modèle nouveau avaient suffi pour arrêter la plus formidable flotte du monde. Dix-huit vaisseaux et un nombre incroyable de torpilleurs et de canonnières venaient de voir leurs efforts n'aboutir à rien devant des forces relativement médiocres.

On s'étonna, dans toute l'Europe, d'un pareil résultat, et il ne manqua pas de guerriers de salons et de marins d'étangs pour déclarer qu'ils n'y comprenaient rien. A la place de lord Alcester, pas un d'eux n'aurait manqué de faire sauter les tortues avec les torpilles.

Certes, l'amiral Seymour était beaucoup plus de leur avis qu'ils ne le croyaient eux-mêmes. Malheureusement, la chose était difficile. Les ingénieurs de Maxime-Jean avaient eu, en effet, la

précaution de mettre autant que possible les tortues à l'abri de semblable accident. Et pour cela,
ils avaient imaginé de hérisser la partie im-
mergée de la coque d'innombrables et énormes
barres de fer, longues de quatorze mètres
et épaisses en proportion, dont la pointe bien
aiguisée avait la forme d'un fer de lance. Ces
barres, très rapprochées, s'étendaient sous tout
le navire et venaient autour de lui jusqu'à fleur
d'eau, de façon à ce qu'un bâtiment en bois
arrivant à toute vapeur dût s'y prendre comme
un brochet à l'hameçon, et que le choc des
navires en fer, quels qu'ils fussent, dût s'amortir
assez pour devenir inoffensif. Dans les deux
cas, le navire assaillant, s'il persistait dans son
attaque, pouvait être considéré comme perdu.
C'est grâce à cette construction de porc-épic
renversé que les cinq tortues avaient si admirablement résisté à lord Alcester.

Le roi des Iles n'avait abandonné ses forts à
vapeur à eux-mêmes, dans cette circonstance,
que pour expérimenter leur force de résistance.
L'expérience était décisive et concluante.

VII

L'ÉGYPTE ÉCHAPPE A L'ANGLETERRE

La flotte anglaise s'était retirée dans un port espagnol, autant pour réparer ses avaries que pour pouvoir se mettre en communication avec l'Angleterre. L'amiral Seymour informa son gouvernement des incidents inattendus qui s'étaient produits. Et, afin qu'il n'y eût pas d'erreur dans son rapport, il l'envoya par un de ses aides de camp, qui mit quarante-huit heures pour arriver à Londres.

L'amirauté à ces nouvelles, ordonna la construction de torpilleurs d'un nouveau modèle et commanda la fonte de mortiers gigantesques, dont on verra l'emploi plus tard.

En attendant, elle fit savoir à l'amiral qu'il eût à se tenir sur la défensive absolue, le gouvernement anglais étant décidé à ne rien laisser au hasard dans cette campagne et

Maxime-Jean Ier étant devenu un adversaire dont on n'avait plus envie de rire.

Celui-ci attendait impatiemment l'heure et l'action. Sûr maintenant de la solidité de ses tortues, il tenait à exécuter le reste de son plan, qui était la destruction de la flotte anglaise. Pour cela, il fallait forcer l'amiral Seymour à livrer bataille, et ce n'était pas chose facile.

Avec quinze vaisseaux et un gros navire étrange sans mâts, entièrement cuirassé, Maxime-Jean louvoyait, sur la côte du Maroc, renseigné par ses avisos sur ce que faisait lord Alcester.

Mais celui-ci resta plus d'un mois sans bouger. Qui sait même combien de temps aurait duré son inaction, si William Smith, parti de Perim, n'était arrivé à Suez avec huit vaisseaux et n'avait fait fuir quelques canonnières anglaises qui gagnèrent Ismaïlia et Port-Saïd.

William Smith s'engagea aussitôt dans le Canal, mais en militaire avisé — et suivant en cela, d'ailleurs, les instructions du roi — il envoya par le chemin de fer des hommes sûrs pour couper partout le télégraphe. Il tenait

autant que possible à empêcher qu'on n'avertît
le cabinet de Londres de ce qui se passait et surtout que le ministère anglais n'eût le temps de
donner des ordres aux troupes restées en Égypte.

Grâce à l'extraordinaire activité qu'il déploya,
William Smith arriva en temps utile. Et ce fut
très heureux pour l'Europe, car à la première
nouvelle de l'entrée de Smith dans le Canal
le cabinet anglais n'hésita pas à ordonner
ce qu'Arabi et ses complices, ces sauvages,
n'avaient pas même tenté : couper le Canal.
Mais l'ordre en arriva trop tard. Le câble n'existait plus ou était au pouvoir des Polans.

On sait que l'Angleterre, après la guerre du
Soudan qu'elle avait provoquée elle-même pour
avoir un pretexte de faire de l'Égypte une colonie britannique, manqua sans hésiter à sa parole,
— et viola carrément la neutralité du Canal, en
posant les fondations de forteresses qui devaient
couvrir Port-Saïd d'un côté et Suez de l'autre,
sans compter des redoutes, de moindre importance, établies à Ismaïlia, à Kantara et à Tous-
soum.

William Smith, avec ses cuirassés, bouleversa les travaux commencés, réduisit tout en poussière et fit afficher une proclamation par laquelle il déclarait le Canal neutre et accessible aux navires de toute nation, à l'exclusion des bâtiments britanniques.

L'armée anglaise d'occupation quitta le Caire pour venir attaquer William Smith et avec l'intention, si elle ne réussissait pas à le chasser, de dessécher le Canal par quelque coupure.

Mais au même moment, de grands transports, au nombre de onze et portant quinze cents hommes chacun, arrivaient à Ismaïlia. Une petite armée de quinze à dix-huit mille hommes débarqua, sous le commandement d'Octave Kellner. Les soldats de Maxime-Jean venaient de guerroyer pendant une année entière contre les tribus de Madagascar, presque toujours insoumises, et avaient acquis, dans cette lutte à travers un pays accidenté, sous un soleil terriblement chaud, une solidité que beaucoup de vieilles troupes européennes leur auraient enviée.

Exercées surtout aux manœuvres de débarquement, elles eurent tôt fait de s'installer sur la terre égyptienne, et quand le quartier-maître général Evelyn Wood parut sur les bords du Canal d'eau douce, venant du Caire avec l'armée anglaise, il trouva Octave Kellner installé à Tel-el-Kébir, dans les anciens retranchements d'Arabi, mais avec des soldats absolument résolus à être victorieux.

Sir Evelyn Wood ne se laissa pas intimider pourtant, et dès que ses troupes furent reposées, il attaqua Kellner. Le combat fut rude et honorable pour les Anglais. Mais les Polans, étant solidement retranchés, tuèrent beaucoup de monde aux assaillants, qui faillirent enlever le premier retranchement.

Le lendemain, nouvelle attaque. Nouvelles pertes plus considérables encore que la veille. Bref, au bout de quatre jours, les Anglais s'étaient couverts de gloire, mais ils avaient perdu la moitié de leur monde.

Wood battit en retraite. C'est ce qu'attendait Kellner, qui lui donna la chasse et envoya sa cavalerie pour lui couper la route. Les Anglais suivaient la voie du chemin de fer, poursuivis l'épée dans les reins par l'armée polane.

Néanmoins, ils conservaient un semblant

d'ordre et la discipline n'était pas trop relâchée.

Mais les Bédouins de tout le pays environnant, à cinquante lieues à la ronde, étaient montés à cheval en apprenant qu'une armée inconnue chassait les Anglais de l'Égypte, et lorsque le général de Sa Très Gracieuse Majesté arriva à Belbeïs, il y trouva une nombreuse cavalerie arabe qui le chargea furieusement.

La petite cavalerie polane, qui avait fait un grand détour pour venir prendre Wood de flanc, n'eut qu'à se croiser les bras et à laisser faire. Les Anglais, totalement mis en déroute, se jetèrent dans le désert à droite et à gauche, et ceux qui craignirent de mourir de soif ou de faim — ce qui est effroyable pour un Anglais — se rendirent à Kellner, qui les envoya sur-le-champ à Perim.

Lord Wolseley du Caire avait mis bien peu de temps pour faire semblant de débarrasser l'Égypte d'Arabi et de ses troupes ; Octave Kellner en mit moins encore pour détruire complètement les forces anglaises d'occupation et pour s'emparer d'un matériel de guerre énorme.

Les Polans n'eurent qu'à ramasser, pour

ainsi dire, plus de soixante-douze canons de campagne, un nombre considérable de pièces de position et des mitrailleuses Gatling en quantité.

Quand William Smith fut tranquille de ce côté, il passa dans la Méditerranée, où se trouvaient un grand nombre de vapeurs de commerce, entrés avant que le détroit de Gibraltar ne fût barré, et qui se trouvaient maintenant bien empêchés, ne pouvant plus franchir le canal de Suez et ne pouvant pas davantage revenir en Angleterre.

William Smith leur détacha une douzaine de bâtiments légers qui en capturèrent beaucoup, et plus particulièrement des vapeurs de l'Anchor-Line, de la Peninsular and Oriental Company et de la Moss-Line.

Le *Sesostris*, le *Pharos*, l'*Osmanli*, le *Magdala* et le *Mareotis*, de la Moss-Line, tombèrent en leur pouvoir, ainsi que la *Justitia*, l'*Armenia*, l'*Ischia*, de l'Anchor, et trois paquebots de la Peninsular and Oriental. Quant à la flotte cuirassée que commandait Smith, elle se dirigea vers Gibraltar, laissant l'escadrille de ses vapeurs de course purger la Méditerranée de tous les navires anglais qui oseraient montrer leur beaupré.

Quand ces nouvelles furent connues en Angleterre, ce fut une explosion de fureur. Quoi donc ! le commerce anglais, pour la première fois depuis deux cents ans, éprouvait de véritables désastres ! Quoi ! les mers les plus productives du monde étaient fermées à la marine marchande du Royaume-Uni ! Aucune maison d'armement n'osait plus envoyer un navire en Afrique, ni au Brésil, ni dans l'Inde, ni en Australie. Le temps étant de l'argent, les sommes que perdait la nation britannique, en ne les gagnant pas, devenaient chaque jour de plus en plus incalculables.

Il se forma, sous l'impression des événements que l'on vient d'apprendre, un courant d'opinion excessivement vif, qui mit le gouvernement en demeure d'agir et d'agir vite.

Déjà la confiance en lord Alcester était ébranlée ; les masses, dans leur aveuglement, le déclaraient incapable. Les gros bonnets du commerce même, irrités d'une situation si préjudiciable à leurs intérêts, commençaient à faire chorus avec le bas peuple.

La cité de Londres et son organe attitré, le *Times*, sommèrent le cabinet britannique de montrer une grande vigueur et d'employer toutes les forces de la nation à écraser d'un coup l'insolent corsaire qui venait d'arrêter si audacieusement et si complètement la mécanique gouvernementale, fonctionnant depuis tant d'années.

La Chambre des communes elle-même devenait houleuse à la moindre discussion.

Tel membre pour Liverpool, pour Glascow, pour Manchester ou Sheffield, paisible d'ordinaire, lançait tout à coup une violente apostrophe au premier lord de la trésorerie, l'accusant de ruiner la nation par ses atermoiements et sa faiblesse.

Sans compter que les députés irlandais, parnellistes ou autres, voyant l'Angleterre se disloquer, mettaient plus d'ardeur que jamais à *obstruer* les débats du Parlement et développaient, dans les comtés de la verte Erin, une agitation dont le gouvernement ne pouvait même plus s'occuper avec efficacité, toute son attention, tous ses efforts étant portés sur la lutte pour l'empire des mers d'un côté, et de l'autre sur l'Europe, qui commençait à montrer aux Anglais qu'une nation quelconque a toujours tort de se laisser battre.

Sous cette pression de l'opinion publique, le ministère Gladstone se décida, non sans se rendre compte des malheurs que pouvait engendrer cette précipitation — à frapper un coup terrible.

L'Amirauté rappela de partout les navires de guerre, que possédait encore l'Angleterre sur toutes les mers.

Elle envoya l'ordre à tous les cuirassés de station de se rendre à Cadix et de rallier ensuite la flotte de l'amiral Seymour. En même temps on faisait la presse dans les ports anglais et l'on embarquait le plus de matelots possible. Les arsenaux travaillaient nuit et jour. On avait fait des prodiges, car déjà des engins nouveaux pour combattre les tortues étaient prêts, et des mortiers d'une puissance incroyable rejoignaient la flotte qui devait les employer.

Les Anglais en étaient à commettre cette faute de croire que le nombre vaut mieux que le talent militaire et ils rêvaient, eux aussi, une attaque torrentielle dans laquelle, pensaient-ils, seraient emportés Maxime-Jean, ses vaisseaux et sa mémoire.

Lord Alcester se vit bientôt à la tête d'une *armada* telle qu'il fut épouvanté par le danger que lui faisait courir la volonté du ministère. Il avait reçu l'ordre en effet d'attaquer les tortues avec tous les navires sous ses ordres, navires qui, en comptant les torpilleurs et les cuirassés de station, s'élevaient au chiffre de quarante-neuf.

Ah ! s'il s'était agi de livrer une bataille au large sur une mer libre, certes, il eût été peut-être assez facile de faire manœuvrer ces innombrables vaisseaux et d'écraser le roi des Iles.

Mais Maxime-Jean avait depuis longtemps prévu le cas, et c'est pour cela qu'il avait imaginé d'attirer les Anglais dans le détroit, où leurs forces trop considérables risquaient fort de se gêner les unes les autres.

A l'endroit même où les tortues étaient mouillées, le détroit de Gibraltar mesure une largeur d'environ vingt et un kilomètres. Que veut-on que fassent cinquante bâtiments de guerre dans un espace aussi restreint, quand déjà la moitié du champ de bataille est occupée par les vaisseaux ennemis, fort nombreux euxmêmes ?

VIII

LA BATAILLE DE TROIS-JOURS

Ce fut l'avant-veille du jour anniversaire où l'amiral Hopkins avait, l'année précédente, perdu avec la vie la bataille de Pontevedra, que lord Alcester se crut en mesure d'attaquer les tortues.

Un conseil de guerre, auquel prirent part tous les officiers commandant un navire quelconque, fut tenu ; et l'on y décida que l'amiral Seymour ne s'embarrasserait pas des vingt navires dont il n'avait pas besoin, qu'il attaquerait avec sa flotte primitive, renforcée des nouveaux engins récemment arrivés, et qu'enfin les autres bâtiments restés sous vapeur viendraient lui prêter leur appui dès que la passe serait forcée.

L'amirauté avait envoyé un plan qui consistait à occuper chacune des tortues avec six ou sept vaisseaux, pendant que les autres, sans même tirer autrement qu'en cas de besoin, franchiraient le détroit à toute vitesse et iraient se réfugier sous le canon de Gibraltar.

L'amiral Seymour et ses officiers firent comprendre au ministère que si les tortues résistaient quand même, tous les navires qui passeraient malgré elles seraient perdus pour l'Angleterre, William Smith tenant la Méditerranée avec une flotte puissante.

Il fallait donc s'acharner contre les forts à vapeur et essayer de les détruire par tous les moyens possibles.

Tout d'abord et avant même de tirer un coup de canon, on mit à l'eau de petits bateaux ne ressemblant à rien de ce que l'on connaissait. C'étaient comme des sommets de cône dont la pointe, longue de dix mètres, était en acier fondu. Cela flottait comme une longue bouée et marchait très vite à l'aide d'une ingénieuse machine électrique enfermée dans les flancs de l'engin ; deux fils métalliques, flexibles comme une chaîne de montre, devaient suffire à gouverner du haut des vaisseaux ce petit bateau et à lui donner une très grande vitesse. Ce n'était pas plus gros qu'une forte gabarre, et cela pouvait avoir trente mètres de longueur.

L'avant de cette chose, qui ne portait pas un seul homme, ressemblait assez à un puissant marteau de cinquante centimètres de côté. Et à partir de cet avant l'engin allait en s'évasant jusqu'à l'extrême arrière, qui pouvait bien mesurer huit mètres de diamètre.

Cet étrange bateau était destiné à pénétrer dans les pointes de fer dont les tortues étaient hérissées, à les écarter d'abord en les tordant, et ensuite à battre en brèche le fer même qui constituait la muraille extérieure des forts à vapeur.

Au fond, ce n'était pas autre chose que des béliers. A force de frapper sur les plaques de métal des tortues, on devait parvenir, si l'espoir des Anglais n'était pas trompé, à ébranler et à disloquer les boulons qui les reliaient entre elles.

Que si par malheur ce dernier résultat n'était pas atteint, les béliers auraient au moins l'avantage d'écarter assez les pointes de fer pour qu'un audacieux marin pût venir placer une torpille dans la brèche.

L'amiral Seymour, continuant sa tactique de la première attaque, porta de nouveau toutes ses forces sur une seule des tortues.

Les béliers, au nombre de douze, furent lancés contre celui des forts à vapeur qui se trouvait le plus près de la côte espagnole. Ils firent d'abord merveille. Le premier écarta les piquants et alla frapper la coque de la tortue avec une incroyable violence ; à bord du vaisseau anglais, on entendit retentir le coup du marteau d'acier sur la paroi de fer.

Le second bélier n'eut pas un succès aussi complet. Soulevé par une courte lame, il sauta par-dessus les fers de lance et alla frapper la tortue avec une violence plus grande encore.

9.

Mais il ne put revenir en arrière, et il resta suspendu sur les barres de fer. Les autres béliers eurent des fortunes diverses, mais ne parvinrent point à entamer le fort à vapeur d'une façon efficace. Et pendant ce temps, de tous les vaisseaux, qui s'étaient beaucoup rapprochés, partaient des détonations formidables.

C'étaient les fameux mortiers qui entraient en jeu. Ces chefs-d'œuvre de balistique lançaient en l'air à une hauteur relativement étonnante des masses de fer de dix-sept cents kilogrammes. Et quand ces épouvantables projectiles avaient décrit une parabole assez aiguë, ils retombaient presque perpendiculairement sur le toit des tortues, produisant un bruit de cloche brisée qui s'entendait à dix lieues.

Donc, le plan des Anglais apparaissait limpide comme eau de roche. Ils voulaient simplement frapper sur les forts à vapeur, indéfiniment, comme sur des enclumes, et jusqu'à ce que leurs coups eussent fêlé les carapaces.

Et ils n'étaient vraiment pas si fous d'espérer un semblable résultat, car si chaque masse de fer, en retombant, ne produisait pas tout d'abord un résultat appréciable, on devina bientôt, à la façon dont la tortue se défendait, que l'attaque réussissait.

Il se passait, en effet, quelque chose d'inattendu dans l'intérieur des forts flottants. Quoique les ingénieurs qui les avaient construits eussent pris la précaution de doubler la carapace à l'intérieur avec du feutre et de la ouate d'un mètre d'épaisseur, le bruit produit par les projectiles anglais sur cette espèce de cloche fut si intense, si horrible, si meurtrier, que plusieurs matelots en devinrent fous subitement, et que la moitié de la garnison fut atteinte de surdité en moins de quarante minutes.

L'amiral Seymour s'aperçut vite de son succès, sans se l'expliquer cependant. Il redoubla ses coups, et l'on vit alors les autres tortues commencer à manœuvrer pour secourir celle qui était en danger.

Mais au même moment, on entendit la canonnade du côté de la pointe de Malabata, sur la côte du Maroc. Maxime-Jean arrivait avec toute sa flotte.

Les vaisseaux anglais qui ne prenaient pas

part à l'action contre les tortues et qui, selon
les ordres de l'amiral, attendaient les événements, ayant aperçu la flotte polane, se por-
tèrent à sa rencontre, et la bataille s'engagea
furieuse à dix kilomètres de la terre d'Afrique.

Lord Alcester ayant pris, pour attaquer les
forteresses flottantes, ses plus puissants bâtiments, le reste, quoique composé d'un grand
nombre de navires, n'était pas en mesure de
résister à Maxime-Jean.

Le roi des Iles déploya ses forces en arc de
cercle, enveloppa la deuxième flotte anglaise,
et, la chassant avec vigueur devant lui, l'obligea
bientôt à se jeter du côté des tortues, qui toutes,
alors, se mirent à vomir des obus et des boulets
avec fureur.

Cette intervention subite du roi changea
promptement la face des choses.

L'amiral Seymour, pris entre deux feux,
comprit d'un coup d'œil le danger qu'il courait,
danger d'être écrasé entre les tortues et la
puissante flotte de Maxime-Jean. Il n'y avait
pas de temps à perdre. Renonçant aussitôt au
bombardement des forts à vapeur, il se retourna

vers les Polans et courut au secours de ses
vaisseaux compromis. La bataille, la véritable
Bataille de Trois jours, comme on l'a nommée,
commença réellement.

Le roi des Iles, appuyant sa droite aux tortues,
avec lesquelles il était parvenu à se mettre en
communication directe, et sa gauche à la pointe
Alboasa, essaya vainement de fermer l'Atlantique avec ses vaisseaux à l'armée anglaise,
comme les tortues lui fermaient la Méditerranée.

Lord Alcester, étendant son aile droite, eut
l'esprit de s'éloigner autant que possible des
forts à vapeur et d'empêcher ainsi que son
adversaire l'enveloppât. Bien mieux, il parvint
à prendre l'offensive, grâce à son étonnante
supériorité numérique, et Maxime-Jean recula.

On sait que ce fut une lutte de géants.
L'Anglais opposa ses plus formidables bâtiments à la flotte polane, et comme cuirassés
de premier rang, les forces étaient presque
égales de part et d'autre; mais lord Alcester
avait en plus un nombre considérable de petits
navires de toute espèce qui se mirent à har-
celer les vaisseaux du roi de façon, non pas à

leur faire du mal, mais à les distraire et à les inquiéter.

Maxime-Jean, voyant cela, donna l'ordre exprès à Kasaloff, qui commandait son aile gauche, de ne pas suivre les Anglais s'ils faisaient mine de l'entraîner en pleine mer, et à chacun de ses capitaines de vaisseau, à l'aile droite, de continuer à s'appuyer solidement sur les tortues.

Lord Alcester, voyant que dans ces conditions il se dépenserait inutilement sans obtenir de résultat définitif, employa bientôt contre les vaisseaux les moyens de destruction inventés pour détruire les tortues.

Les béliers furent lancés contre les cuirassés du roi des Iles et allèrent les ébranler dans les profondeurs de leurs carènes, pendant que les obusiers envoyaient en l'air les formidables poids dont nous avons parlé.

Mais les vaisseaux de Maxime-Jean évoluant sans cesse, il était fort difficile de calculer assez bien la parabole, dans ce tir d'un nouveau genre, pour faire tomber exactement le projectile sur le pont de l'un d'eux.

Cependant, le *Northumberland* eut sa cheminée écrasée et sa machine avariée par un de ces
gigantesques boulets et fut mis hors de combat.
Heureusement pour lui, le courant le drossa
sur les tortues et il alla s'échouer contre l'une
d'elles.

Un pareil accident avait mis en fureur tous
les officiers et tous les marins du roi. Une véritable folie s'empara des matelots, qui deman-
dèrent à grands cris l'abordage. Mais Maxime-
Jean donna l'ordre général et absolu de ne pas
tenter un acte aussi insensé.

Il n'est pas besoin de dire, je pense, que les
canons de toutes les dimensions et de toutes les
gueules faisaient rage, que le roulement de ces
mille tonnerres était incessant, et que les torpilleurs de l'une et de l'autre flotte essayaient,
à la faveur de l'épaisse fumée qui couvrait la
mer, de se glisser sous les navires ennemis
pour les faire sauter.

Mais, à cet égard, Maxime-Jean était aussi
bien muni que l'Anglais. Son monde, monté sur
des bateaux spéciaux, faisait bonne garde autour
des vaisseaux, et il arriva plusieurs fois que les

torpilleurs des deux camps se heurtèrent l'un l'autre et en vinrent aux mains.

Une fois même, deux de ces navires, dans la furie de l'attaque et de la défense, se firent sauter réciproquement, avec le plus épouvantable vacarme qui se puisse imaginer.

La bataille, commencée dès les premières heures du jour, dura ainsi jusqu'à la nuit, sans que lord Alcester ni le roi des Iles se fussent départis une seule minute du plan qu'ils s'étaient tracé.

Il paraît certain que si Maxime-Jean n'avait pas eu les tortues pour le soutenir, l'amiral Seymour eût évidemment réussi dans cette journée à pousser son ennemi, soit dans l'Atlantique, soit sous le canon de Gibraltar, et à remporter une victoire éclatante.

La nuit venue, les équipages des vaisseaux étaient trop harassés sur l'une et l'autre flotte pour qu'on ne saisît pas cette occasion de leur faire prendre un peu de repos.

Chacun, par un accord tacite, en profita pour réparer ses avaries.

Puis, dans l'ombre, commença une autre

bataille, bataille sourde, bataille de ruses, d'embûches, bataille à la façon des sauvages. Ici et là d'intrépides marins, avides de gloire ou enflammés de patriotisme, montés sur des brûlots ou des chaloupes chargées de dynamite, s'en allèrent essayer de faire sauter une frégate ou un vaisseau. Il y eut dans les ténèbres bien des actes d'héroïsme accomplis.

Mais à la première alerte, d'immenses foyers électriques s'allumèrent à bord des vaisseaux de Maxime-Jean. La mer fut éclairée comme en plein jour. Lord Alcester, lui, ne jugea pas nécessaire d'en faire autant, puisque le roi des Iles se mettait lui-même dans l'impossibilité de bouger sans être vu, et les torpilleurs continuèrent à se chercher, à s'éviter, à se combattre, à se détruire, sans qu'il y eût grand résultat de part et d'autre.

Au jour, la grande voix des canons formidables fit retentir de nouveau les échos de la Sierra et du Djebel.

Plus de cent mille Espagnols d'un côté, vingt ou vingt-cinq mille Marocains, en la terre africaine, étaient massés sur le versant des mon-

tagnes pour assister au terrible drame qui allait
se dénouer là.

Avec les Espagnols, il y avait des Européens
de toutes les nationalités. On savait depuis longtemps que les deux flottes en viendraient aux
mains en cet endroit même, et de Paris comme
de Londres, de Vienne comme de Pétersbourg,
on était venu en hâte.

Les représentants de toutes les puissances
européennes à Madrid avaient envoyé des secré-
taires d'ambassade. Des paris étaient engagés,
surtout entre Russes et Anglais. Les premiers
tenaient pour Maxime-Jean, les Anglais, naturellement, pour lord Alcester. C'était un sport
d'un nouveau genre, un terrible sport.

Il était quatre heures ou un peu plus quand
la canonnade recommença; vingt mille lor-
gnettes, du côté de l'Espagne, furent braquées
sur le champ de bataille et, il faut le dire, les
sympathies générales n'étaient pas pour l'Angleterre.

Maxime-Jean restait toujours adossé à la côte
marocaine et appuyé par sa droite aux tortues.
L'amiral Seymour tenait le haut du détroit du

côté de l'Atlantique, hors de portée des tortues et suffisamment bien placé pour attaquer avantageusement l'extrême gauche du roi.

Et, en effet, en portant tout son effort sur le dernier vaisseau de la flotte polane, celui-ci pouvait être assez exposé pour que les autres vinssent à son secours et abandonnassent ainsi l'appui qu'ils trouvaient dans les forts à vapeur.

Ce vaisseau, c'était l'*Invincible*, l'un de ceux qu'avait perdus l'Angleterre à la bataille de Pontevedra. Il avait pour commandant Pedro Cabanil, le plus froid des hommes, quoiqu'il fût Espagnol, et le plus courageux des aventuriers.

L'ordre de Maxime-Jean était que les vaisseaux ainsi attaqués se repliassent sur le reste de la flotte pour ramener les Anglais sous le feu des tortues. Pedro Cabanil exécuta sa manœuvre de retraite en envoyant aux vaisseaux britanniques les décharges répétées de sa puissante artillerie, dont tous les coups portaient, tant les Anglais étaient près les uns des autres.

Pas plus que la veille, lord Alcester ne se laissa entraîner du côté des forteresses flottantes. La plus grande partie de la matinée fut donc employée à un duel d'artillerie dans lequel les deux adversaires se firent à peu près autant de mal l'un que l'autre.

Cependant, l'avantage, dans ce combat sans vainqueur, restait au roi des Iles, car après tout, que voulait-il? Empêcher les Anglais de passer.

Or, les Anglais ne passaient pas.

Vers midi, lord Alcester se rapprocha de l'ennemi et recommença ses manœuvres de la veille avec les béliers et les mortiers. Mais cette fois, les Polans jetèrent à la traverse des fils métalliques à l'aide desquels ils parvinrent à neutraliser l'électricité de lord Alcester, et les béliers sans mouvement flottèrent comme de vastes et inutiles bouées. Alors les Anglais envoyèrent des monitors pour dégager leurs béliers ; les Polans, de leur côté, firent avancer cet énorme navire sans mâts dont nous avons dit un mot. Celui-ci, qui s'appelait le *Vésuve*, navigua lourdement jusqu'auprès des monitors de l'amiral Seymour et s'arrêta.

Les spectateurs de cette lutte homérique

virent alors, à leur grande stupéfaction, deux battants de porte s'ouvrir brusquement à l'avant du navire, et par cette porte, un bateau sous vapeur, ayant la forme d'un cigare, plongea dans la mer et disparut sous l'eau.

Puis, une vingtaine de secondes ne s'étaient pas écoulées que le monitor anglais sautait en l'air avec le bélier réduit en pièces.

Le *Vésuve* s'enfonça profondément comme s'il doublait son tirant d'eau, la porte se rouvrit, et le torpilleur qui en partait tout à l'heure y rentra avec autant de précision qu'il en était sorti. Rétablissant sa ligne de flottaison primitive le mystérieux bâtiment, vira de bord avec tranquillité, pendant que d'innombrables obus tombaient sur sa carcasse cuirassée et pour ainsi dire invulnérable.

Le roi de Pola « se manifestait », comme on disait autrefois si gaiement dans les journaux de Londres.

Presque au même instant, une espèce de radeau qui n'avait l'air de rien, et qui sortait aussi des flancs du *Vésuve*, s'avançant entre les deux flottes se dirigea vers l'endroit où se tenaient les torpilleurs et les petits navires de guerre. Il allait avec une vitesse singulière et semblait glisser sur l'eau.

Comme les béliers de l'amiral Seymour, il était dirigé à l'aide de chaînes électriques qui se déroulaient au fur et à mesure du chemin que faisait le radeau.

Les Anglais tirèrent dessus avec rage, mais l'autre avançait toujours. Il aborda par tribord un cuirassé de station, et l'on vit, tout à coup, de grands bras en fer se dresser en l'air automatiquement, et s'abattre sur le bâtiment qui fit de vains efforts pour se soustraire à cet embrassement terrible; puis on entendit une explosion, un déchirement effroyable, et tout s'effondra pour disparaître, brûlot et cuirassé, dans la mer.

Un hurrah partit de la flotte polane, et bientôt la lutte se circonscrivit entre les torpilleurs de lord Alcester et le gros navire mystérieux, le *Vésuve*, qui semblait contenir dans ses flancs une inépuisable provision de brûlots et de bateaux-cigares.

Jusqu'alors les combattants avaient à peu

près gardé leur sang-froid, mais ce fut bientôt, dans les deux flottes, quelque chose qui ressemblait à de la folie. Puis cela devint de la frénésie, de la fureur, de la rage. On ne calculait plus grand'chose. Les officiers de Maxime-Jean tiraient à toute volée dans le tas des vaisseaux anglais, et ceux-là le leur rendaient bien.

Et les brûlots cherchaient des victimes, et les béliers frappaient à coups redoublés les cuirassés polans, et les torpilleurs se faisaient sauter réciproquement.

Mais personne ne cédait. Pas une flotte ne faiblissait. Seymour ni le roi des Iles n'étaient plus avancés que la veille au matin.

La nuit tomba. On était trop excité pour cesser le feu. Le champ de bataille offrit alors aux spectateurs de cette gigantesque lutte la vue d'une horreur grandiose, sublime, s'il en fut jamais. Sur toute la largeur du détroit, et sur une longueur de vingt kilomètres, c'étaient d'incessantes et assourdissantes explosions. On y voyait comme en plein jour, tant le champ de bataille était illuminé par les éclairs que proje-

taient les canons, par les incendies qu'allu-
maient les brûlots, et de temps à autre par
quelque bâtiment qui sautait, épouvantable
bouquet de ce sanglant feu d'artifice.

Dans les deux flottes, on devenait aliéné.
C'est à peine si les chefs avaient encore assez
de raison pour veiller au salut de leurs subor-
donnés ; mais c'est à peine surtout si l'on consentait encore à leur obéir.

Vers minuit, Kasaloff, impatienté de ne pas
obtenir de résultat, donna l'ordre à son escadre
de se jeter à corps perdu sur les vaisseaux
anglais et de les prendre à l'abordage. Il ne se
souvenait sans doute pas que, dix fois déjà
depuis quarante-huit heures, il avait tenté cette
manœuvre, mais que les marins de Sa Très
Gracieuse Majesté, se défiant des nombreux
équipages polans, avaient évité avec soin un
si funeste contact.

Cette nouvelle tentative faillit coûter la
bataille à Maxime-Jean. Kasaloff commandait
six navires. Le vice-amiral sir Reginald Macdonald, qui avait sous ses ordres sept bâtiments
de toute sorte, se jeta sur l'imprudent Mosco-

vite et entraîna avec lui une autre escadre commandée par l'amiral Ryder.

Kasaloff ne put soutenir ce choc effroyable et recula. Les Anglais, se sentant vainqueurs, redoublèrent d'efforts. L'escadre polane, très vivement ramenée, se jeta en désordre sur le gros de la flotte du roi, et, malgré l'héroïsme de Pontins, de Lamanon, de Kasaloff lui-même, qui firent des prodiges — moins que le roi des Iles pourtant — l'amiral Seymour sut profiter très habilement de la confusion pour séparer les cuirassés polans des tortues qui leur étaient d'un si grand secours.

Maxime-Jean était perdu si Pontins, Paleïeff et Lamanon, se sacrifiant, n'étaient partis à toute vapeur pour culbuter quand même, à l'aide de leurs éperons, les vaisseaux de tête de la flotte anglaise. Heureusement ils furent suivis, et, en moins de vingt-cinq minutes, les cuirassés polans purent se réfugier derrière les tortues, pendant que celles-ci ouvraient un feu d'enfer devant lequel les Anglais se virent encore forcés de s'arrêter.

Le roi des Iles était sauvé, mais ce n'était pas

sans dommages. Trois de ses cuirassés restaient hors de combat. Même l'un d'eux, la *Défence*, que montait Pontins, avait si vaillamment fait son devoir qu'il fallut transborder l'équipage : elle coulait.

On juge si les Anglais poussèrent des cris de triomphe. Et pourtant, ils n'étaient pas encore victorieux, car leur but : pénétrer dans la Méditerranée, n'avait pas été atteint.

Mais lord Alcester comptait que l'attaque contre les tortues, avec les moyens dont il disposait, réussirait le lendemain.

Le jour se leva et l'amiral Seymour put constater que la victoire lui coûtait cher, car il avait perdu sept ou huit torpilleurs, deux cuirassés de station et trois vaisseaux à tourelles, l'*Australia*, le *Dominion* et l'*India*, à qui Pontins, Lamanon et Maxime-Jean avaient passé sur le ventre.

Mais, tout à coup, une clameur immense retentit sur la montagne espagnole, d'où cent mille personnes assistaient à la bataille.

Et presque au même instant, on vit reparaître la flotte polane.

Elle revenait au combat, mais singulièrement augmentée.

Maxime-Jean, en effet, battant en retraite, avait rencontré l'escadre de William Smith : huit vaisseaux à tourelles. Remerciant Dieu de ce secours providentiel, il assigna à chacun son nouveau poste de combat ; il fit passer Pontins sur le *Warrior* et Lamanon sur l'*Achilles*, avec le grade de contre-amiraux, puis il ordonna de mettre le cap sur les Anglais, qu'il put approcher grâce au feu terrible des tortues.

Le roi des Iles, maintenant, avait sous ses ordres vingt et un vaisseaux, le *Vésuve* et un autre bâtiment du même modèle. Cette fois, il dédaigna de s'appuyer sur les forts à vapeur. Toute sa flotte, sur deux lignes, longea la côte du Maroc jusqu'à la pointe Malabatta.

Les tortues, de leur côté, avaient fait machine en avant, et pendant que le n° 1 s'appuyait sur les petites îles de Tarifa, le n° 5 gardait le passage de l'île de Peregil.

Ce retour offensif, avec des forces nouvelles et si imposantes, avait déconcerté les Anglais. Se croyant vainqueurs, ils trouvaient dur d'être

obligés de recommencer dans des conditions
défavorables.

Lord Alcester délibéra pendant quelques
minutes pour décider avec ses officiers s'il
accepterait la lutte. Pendant ce temps, le roi
des Iles opérait son mouvement, gagnait la
haute mer et revenait mettre la flotte anglaise
dans la nécessité de vaincre définitivement ou
de se rendre. Les Anglais faiblirent.

Les équipages de l'escadre Smith, qui étaient
tout frais, ne leur laissèrent pas le temps de se
reconnaître. Ils leur coururent sus, les forcè-
rent à reculer et les refoulèrent sur les forteresses flottantes, qui les accueillirent d'une
effroyable façon.

Un immense cri de joie partit de la montagne
espagnole : on pensait à Gibraltar, dans cette
foule.

Tassés contre les tortues, refoulés les uns
sur les autres, de façon à ne plus pouvoir manœuvrer sans se cribler eux-mêmes d'avaries,
les fidèles sujets de Sa Très Gracieuse Majesté
ne songèrent plus qu'à vendre chèrement leur
vie.

Il y en eut qui préférèrent sauter ou couler que de se rendre.

Sir Reginald Macdonald, homme de vigueur et de coups de main, entreprit de passer entre deux forts à vapeur. Sur sept navires qu'il commandait, trois entrèrent dans la Méditerrannée et, fort endommagés, allèrent s'abriter sous le canon de Gibraltar ; les autres furent coulés.

Pontins, avec le *Warrior*, William Smith, Joë Green et le Russe Palcïeff prirent chacun un vaisseau en bon état, et Maxime-Jean lui-même eut la joie d'emporter à l'abordage l'*England*, vaisseau-amiral, à bord duquel il fit prisonnier lord Alcester, pendant que Kasaloff, furieux d'avoir failli tout compromettre, coulait tout ce qui passait à sa portée.

Bref, de cette immense flotte suffisante pour livrer bataille à toutes les marines européennes coalisées, il ne restait rien, rien que les trois vaisseaux de l'amiral Macdonald.

William Smith fut fait, séance tenante, duc de Gibraltar.

10.

IX

GIBRALTAR, L'ARCHIPEL, MALTE.

Trois jours après, le ministère Gladstone tombait. Le cabinet qui prenait le pouvoir avait à sa tête lord Salisbury comme premier lord de la Trésorerie ; sir Stafford Northcote fut nommé chancelier de l'Échiquier, lord Cairns, lord grand chancelier et gardien du grand sceau, etc., etc. M. Cross reprit la secrétairerie d'État à l'intérieur ; sir Gathorne Hardy eut la guerre, sir G. Ward Hunt devint premier lord de l'Amirauté, et sir Lytton-Bulwer, vice-roi des Indes.

Dès son arrivée au pouvoir, lord Salisbury résolut d'organiser une vaste alliance de toutes les puissances européennes contre Maxime-Jean Ier. Ce qui avait été fait jadis par l'Angleterre contre Napoléon, le nouveau ministère voulait le tenter contre cet autre aventurier qui, disait-on, avait eu jusque-là plus de bonheur que de talent.

Le nouveau cabinet ordonna donc de mettre des vaisseaux en construction sur tous les chantiers de l'Angleterre. On embaucha des milliers d'ouvriers pour les arsenaux et l'on annonça qu'on allait réparer les immenses désastres que venait de subir la Grande-Bretagne.

Lord Wolseley du Caire fut chargé, de concert avec le premier lord de l'Amirauté, de mettre toutes les côtes en état de défense. Lord Salisbury eut le courage de doubler les impôts après avoir prononcé à la Chambre des communes un discours dans lequel il disait que la nation devait aller jusqu'aux derniers sacrifices, car cette fois, pour l'Angleterre, c'était bien le *struggle for life*.

En attendant, il envoya des instructions à tous les ambassadeurs ou agents de la Grande-Bretagne auprès des puissances continentales pour leur démontrer que le salut commun exigeait l'anéantissement du roi des Iles. « Tant que cet homme néfaste n'aura pas disparu, disait le chef du cabinet anglais, il n'y aura aucun repos pour l'Europe, car une fois maître des mers, il imposera un tribut à toutes les nations maritimes et voudra conquérir l'univers. »

Les ambassadeurs près des cours de Madrid, de Rome, de Paris, de la Haye et de Constantinople reçurent l'ordre d'appeler l'attention de ces divers cabinets sur ce point que Maxime Darnozan s'était déjà proclamé roi des Iles ; qu'il y avait là un indice, et que son intention, en effet, — le cabinet de Londres en avait la certitude et la preuve, — était de conquérir toutes les îles du globe.

Par conséquent, l'Espagne, avec les Antilles et les Philippines ; l'Italie, avec la Sicile et la Sardaigne ; la France, avec la Corse, la Nouvelle-Calédonie, la Réunion, les Nouvelles-Hébrides, la Guadeloupe, etc. ; la Turquie, avec l'Archipel, et la Hollande avec Batavia, Sumatra et ses autres possessions, étaient directement menacées.

A ces propositions, l'Espagne répondit catégoriquement par cette autre : que l'Angleterre rende Gibraltar et le cabinet de Madrid est prêt à entamer des négociations relatives à une alliance.

L'Espagne était dans son droit et la revendication n'avait rien qui pût surprendre lord Salisbury. Néanmoins, celui-ci refusa net et rompit aussitôt les pourparlers.

L'Italie, elle, n'avait rien à revendiquer. Mais la situation était trop favorable pour qu'elle ne demandât pas quelque chose.

Ses diplomates firent entendre que Malte était en réalité dans les mers italiennes, que semblable forteresse était une menace pour l'Italie, et qu'elle était prête à s'allier à l'Angleterre si celle-ci consentait à lui céder Malte.

Le cabinet Depretis fit remarquer qu'il avait deux ou trois vaisseaux d'une rare puissance, et tels qu'aucune nation ne pouvait en mettre en ligne de semblables : le *Duilio*, l'*Affondatore*, l'*Italia*.

Sir Savile Lumley eut un sourire de dédain et déclara que Malte étant à l'Angleterre, l'Angleterre ne céderait volontairement cette île à personne ; que si on voulait la prendre de force, on n'avait qu'à essayer.

Le cabinet italien retint ce dernier mot et envoya, sans délai, un ambassadeur à Maxime-

Jean pour lui offrir son alliance contre l'Angleterre. Le roi des Iles s'engagea aussitôt à
faciliter à l'Italie la conquête de la Tripolitaine,
et le traité fut signé.

Le maréchal Serrano, alors chef du cabinet
à Madrid, proposa aussi au vainqueur de Pontevedra une alliance dont la première conséquence devait être le siège de la puissante
forteresse anglaise.

Le roi des Iles accepta également, à la condition qu'il prendrait, lui, divers points de la
côte marocaine et entre autres la petite île de
Peregil, pour en faire une sentinelle chargée
de garder le détroit.

L'Espagne accepta.

Avec la Turquie et les Pays-Bas, lord Salisbury fut plus heureux. Le Parlement néerlandais
et le Sultan craignirent que, comme le disait
l'Angleterre, Maxime-Jean ne voulût s'emparer
de toutes les mers du monde et de toutes les
îles qui y sont semées. Ils commirent l'imprudence de se laisser entraîner.

La Turquie, à la vérité, en agissant ainsi,
restait fidèle à sa politique fantasque et espé-

rait reprendre directement l'Egypte sur les Polans.

Que faisait la France pendant ce temps-là? On pense bien qu'elle était aussi chaleureusement sollicitée, plus chaleureusement que les autres nations, de s'allier avec l'Angleterre.

Lord Salisbury, comme tous les diplomates de l'Europe, connaissait l'inépuisable fonds de naïveté chevaleresque du Français en général, et l'étonnante absence de sens politique dont à certaines époques ils sont affligés. Il espérait donc réussir à Paris, et son espoir était basé sur la situation toute particulière du gouvernement républicain à la fin de cet été de 1886.

A M. Grévy, mort six mois auparavant, avait succédé M. Jules Simon.

Vers le milieu de 1885, les opportunistes étaient parvenus à faire voter le scrutin de liste. Aussitôt ce résultat acquis, on avait procédé aux élections.

Un ministère, indépendant en apparence, fit très habilement cette campagne électorale, en dépit du vieux M. Grévy, dont la santé s'était extraordinairement affaiblie depuis l'indisposition du mois de novembre 1884.

Les opportunistes croyaient tenir la France dans leurs mains ; ils se trompaient. Leurs imprudences budgétaires devaient leur coûter cher, ils furent battus en maints départements par les modérés du centre gauche.

Les royalistes, profitant de l'occasion, se trouvèrent, de leur côté, à la tête d'une imposante minorité, deux cent quarante-huit sur cinq cent trente-sept, mais ils n'étaient pas encore en état de changer la face des choses. Donc, à la mort de M. Grévy, qui survint au mois de janvier suivant, les opportunistes eurent la douleur de voir toutes leurs manœuvres aboutir à l'élection de M. Jules Simon, leur mortel ennemi.

Le ministère qui avait fait les élections étant tombé sous un vote de la Chambre, la présidence du conseil venait d'être acceptée par M. Albert Decrais, sénateur, qui avait pris en même temps le ministère des affaires étrangères.

Lord Lyons ayant fait part des propositions

du cabinet de Londres à M. Decrais, celui-ci en porta la nouvelle au conseil des ministres.

Tout d'abord, le président de la République prit la parole, et déclara qu'aucune hésitation n'était possible et qu'il fallait conclure cette alliance, grâce à laquelle on aurait la possibilité de reconquérir un peu de prestige en Europe.

Le ministre des affaires étrangères n'était pas de cet avis. Il n'hésita pas à combattre l'opinion du président.

— L'Angleterre est abattue et pour longtemps, dit-il. Elle ne peut donc nous être d'aucun secours pour nous relever nous-mêmes. Mais si la France ne doit pas encore voir se lever l'aurore de sa nouvelle grandeur politique et militaire, ce n'est pas pour elle une folle espérance que de compter sur une prospérité commerciale que les circonstances actuelles et sa situation géographique lui feront aussi grande que possible.

La marine marchande anglaise est anéantie et va manquer sur toutes les mers. Si nous sommes habiles, c'est à la marine marchande française de la remplacer. Encourageons partout

11

la construction des navires de commerce ; qu'il se fonde dans tous nos ports de nouvelles lignes de paquebots. Songez donc, monsieur le président, il y a dix ou quinze lignes de vapeurs anglais qui n'existent plus : la *Pacific steam navigation Company,* la *Royal mail,* la *West India and Pacific steam ship Company,* la *Royal mail steam Packet Company,* la *Guion Line,* la *Cunard Line,* l'*Anchor Line,* la *Withe star Line,* n'ont plus un seul vapeur sur aucune mer. C'est une flotte de plus de cent navires qu'il faut remplacer et que nous aurons créée dans six mois, si nous y consacrons beaucoup d'argent et beaucoup d'activité. Bien mieux, nous avons sur nos côtes trois ou quatre îles qui font virtuellement partie de la patrie française et que nous ferions bien d'occuper. Je veux parler de Guernesey, de Jersey, d'Aurigny, que l'Angleterre est incapable de défendre.

— En ce moment, cela ne serait pas généreux ! dit M. Charles Simon, sous-secrétaire d'État à l'intérieur.

— Est-ce que, dans ce cas, la générosité n'est pas toujours une sottise ? s'écria M. Decrais.

L'Angleterre a-t-elle été généreuse avec la France en 1870? A-t-elle été seulement honnête dans l'affaire de l'Égypte? Il est temps, messieurs, de savoir ce que nous voulons et d'agir en conséquence.

— Je ne vois aucun inconvénient, mon cher président, dit alors Jules Simon en s'adressant à M. Decrais, je ne vois aucun inconvénient à profiter commercialement de la ruine des Anglais. Vous voyez que vous m'avez converti. Mais je verrais avec regret que la France cherchât à s'emparer de Jersey, d'Aurigny et des autres îles; car, ne l'oubliez pas, il faudrait déclarer la guerre à la Grande-Bretagne, et nous ne savons pas où cela nous conduirait.

On se regarda de tous côtés d'un air entendu, et il fut décidé que si on ne s'alliait pas avec l'Angleterre, on ne s'unirait pas non plus contre elle avec le roi des Iles.

Pendant ce temps, l'armée espagnole, sous le commandement du maréchal Martinez Campos, venait mettre le siège par terre devant Gibraltar.

Du côté de la mer, douze des tortues de

Maxime-Jean, sous les ordres de Nicolas Ramine, établirent un blocus sévère, réel, absolu.

Ainsi séparée du monde, la vieille et puissante
forteresse devait infailliblement succomber.

Martinez Campos, d'un côté, l'accablait de
boulets formidables et ne se faisait aucun scrupule de démolir maison à maison ce repaire de
contrebandiers qui, depuis cent soixante-quinze
ans, inondait l'Espagne des produits anglais
introduits en fraude.

Du côté de la mer, Nicolas Ramine avait
entrepris de battre en brèche, avec des boulets
pleins, la base du fameux rocher, de telle
façon que, bientôt, les célèbres galeries creu-
sées dans le roc vif et d'une telle hauteur que
les officiers pouvaient s'y promener à cheval,
furent suspendues sur un abîme.

Pendant que Ramine poussait activement ce
siège, Pontins forçait le passage des Darda-
nelles avec sept cuirassés, détruisait ce qui
restait de marine à la Turquie, quatre ou cinq
vaisseaux qui étaient venus à sa rencontre sous
le commandement d'Hobart-Pacha, et avait la

joie de battre encore un Anglais en rossant cet amiral turc.

Une fois maître de la situation, le jeune amiral occupait toutes les îles de la mer de Marmara, ces paradis où les pachas vont rêver de celui de Mahomet, et, revenant dans l'Archipel, il ne laissa pas une île sans la conquérir, s'empara de la Crète, attaqua et soumit les îles Ioniennes et toutes celles qui appartenaient au gouvernement hellénique.

Maxime-Jean fit offrir au roi de Grèce de l'aider à conquérir la Macédoine tout entière, en échange de ce qu'il lui prenait, et l'offre fut acceptée avec enthousiasme. Après quoi, il fut question d'aller, avec la flotte italienne, mettre le siège devant Malte, qu'avait pu gagner sir Reginald Macdonald, avec les trois vaisseaux qui seuls restaient à l'Angleterre de l'immense flotte confiée à lord Alcester.

Le cabinet Depretis, qui était revenu au pouvoir, avait donné à l'amiral Acton des instructions secrètes. L'unique souci des Italiens est de faire travailler les autres pour eux, et d'empocher tous les profits. Comptant donc que les

rouages de toute sorte devaient être désorga-
nisés en Angleterre et, à plus forte raison,
dans la plupart des stations éloignées de la métropole, le cabinet de Rome enjoignit à l'amiral
Acton de ne pas attendre Maxime-Jean, de
mettre le cap sur Malte et de tâcher de l'enlever
avant l'arrivée du roi des Iles. Et au cas où il
réussirait, de garder l'île et les positions forti-
fiées, en attendant qu'on eût négocié avec le
vainqueur des Anglais un *modus vivendi* quelconque.

Il n'était pas difficile de deviner sous ces
ordres les intentions de l'Italie.

L'amiral Acton se conforma aux instructions
de ses chefs. Il partit de Naples avec son
escadre, composée de cinq vaisseaux, et gagna
Malte à toute vapeur. Deux jours après, quand
Maxime-Jean se présenta devant Naples avec
sa flotte pour que les vaisseaux italiens le
ralliassent, on lui apprit que l'amiral Acton
l'attendait devant Lavalette, où il s'était rendu
en hâte pour empêcher que la garnison ne
reçût du secours.

Boislucas, qui était à bord du vaisseau royal,

et Maxime-Jean lui-même, ne furent pas dupes des explications qu'on leur donna, et dès ce moment regrettèrent de s'être alliés avec l'Italie.

Mais leurs regrets firent place à des sentiments plus énergiques et plus douloureux, quand, en vue de Malte, ils trouvèrent l'escadre italienne réduite à trois navires en mauvais état.

Que s'était-il passé? Oh! rien que de parfaitement naturel.

L'amiral Acton, en arrivant devant Lavalette, avait attaqué sans désemparer.

Sir Reginald Macdonald crut d'abord que c'était la flotte polane, car il s'attendait à la voir arriver d'un moment à l'autre.

En ce cas, il se fût contenté d'aider la place à se défendre, sauf à faire un coup de sa tête quand la position aurait été désespérée. Mais lorsqu'il vit que l'escadre italienne était seule, quand il se fut assuré qu'aucun autre vaisseau de guerre n'était en vue, il se dit qu'un Anglais ayant sous ses ordres trois bâtiments pouvait bien tenter la fortune contre cinq cuirassés italiens.

Et il la tenta si bien que, dès le lendemain, il infligeait une cruelle défaite à son adversaire, lui coulant l'*Affondatore* — c'était la seconde fois qu'un navire de ce nom éprouvait un semblable malheur, — forçant un autre vaisseau à s'échouer sur les roches de la petite île de Cominotto et mettant le reste en fuite, pendant que lui-même, gagnant la haute mer, se dirigeait vers l'Adriatique pour rallier le port neutre de Trieste.

Maxime-Jean, après avoir fait comprendre à l'amiral Acton que le gouvernement italien avait une singulière manière de pratiquer les alliances, fit avancer toutes ses forces contre les fortifications anglaises, et bombarda Lavalette d'une si terrible façon qu'il n'était pas bien difficile d'en prévoir la reddition.

Le contre-amiral Mac Crea se défendit en homme résolu. Mais sa garnison, composée de mercenaires, comme tous les soldats employés par le Royaume-Uni, menaça de se mutiner, comme le font souvent les armées des nations vaincues.

Sur ces entrefaites, arriva la nouvelle que

Gibraltar était tombé au pouvoir des Polans et des Espagnols. Il n'en fallut pas davantage pour provoquer la catastrophe finale. Malte se rendit.

Les officiers généraux et supérieurs, se voyant abandonnés par leurs soldats, ne consentirent pas à cesser le feu. Il y eut des scènes abominables, et l'amiral, avec tout son état-major, se jeta dans l'intérieur de l'île avec l'intention de gagner un petit port pour passer de là, soit en Tunisie, soit en Grèce, et retourner le plus promptement possible en Angleterre.

Les difficultés commencèrent alors pour le roi des Iles. L'amiral italien, sans prendre l'avis de son allié, débarqua du monde pour occuper Lavalette. Il fallut en venir à des extrémités pour que les Italiens consentissent à laisser Malte aux véritables vainqueurs.

Mais si le cabinet de Rome céda sur ce point momentanément, il exigea que Maxime-Jean tînt sa parole d'attaquer et de livrer la Tripolitaine, et cela tout en faisant des réserves sur la possession de Malte, qui, étant une terre évidemment italienne — les notes diplomatiques

11.

l'affirmaient, du moins — faisaient partie des revendications de l'*Italia irredenta*.

Il s'en fallut de peu que Maxime-Jean, au lieu de se diriger vers la côte d'Afrique, ne tournât la proue de ses vaisseaux vers Naplès ou Venise ; mais il eut encore assez d'empire sur lui-même pour se croire obligé à tenir d'abord sa parole, sauf à voir ensuite ce qu'il devrait faire.

La Tripolitaine, isolée du reste de la Turquie par suite des événements de mer qui avaient fait tomber la flotte et toutes les îles turques aux mains de Pontins, fut mal défendue, et il ne fallut pas plus d'un mois à Maxime-Jean pour s'en emparer.

Il la donna, comme cela était convenu, au gouvernement italien, et reprit la route de Madagascar, où se préparait, sous les ordres de Kellner, une expédition autrement importante.

Le roi des Iles n'avait pas eu à se louer beaucoup non plus de son alliance avec l'Espagne, dans l'affaire de Gibraltar.

La redoutable forteresse, complètement bloquée, n'avait pu être ravitaillée à temps, et dès

les premières semaines du siège, les vivres se
firent rares, d'autant plus que là, comme partout, il se trouva des accapareurs, des spécula-
teurs et même de simples jouisseurs, qui ne se
privaient de rien quand déjà le reste de la
population commençait à souffrir. On s'éton-
nera qu'une place comme Gibraltar, qui sert
d'entrepôt aux Anglais, à la porte de la Méditerranée, n'eût pas été mieux approvisionnée.
Cela tenait à ce que la ville, démunie lors de
l'expédition des Anglais contre le maahdi dans
le Soudan, n'avait pas reçu à nouveau le stock
ordinaire de ses provisions quand avait eu lieu
l'enlèvement des vaisseaux anglais dans tous
les ports du monde.

Du reste, ce ne fut pas la famine qui amena
la chute de Gibraltar.

Pendant que Martinez Campos, du côté de
l'Espagne, envoyait sur la forteresse une inces-
sante grêle de projectiles et ne laissait pas un
moment de repos à l'Anglais, Nicolas Ramine,
avec ses tortues entre lesquelles un canot
n'aurait pas passé, tant la surveillance était
sévère, s'était appliqué, comme nous l'avons

dit, à creuser avec ses boulets pleins le rocher sur lequel reposait la ville.

Quand il eut pratiqué dans le granit une excavation suffisante pour que plusieurs hommes pussent s'y installer, il y envoya des sapeurs qui se mirent à le perforer lentement, patiemment, mais sûrement.

Les galeries, ou, pour mieux dire, les trous, ne furent pas poussés au delà de dix mètres. On en fit ainsi dix à douze, au fond de chacun desquels on plaça une formidable quantité de dynamite. Puis les sapeurs revinrent à bord des tortues, on fit jouer l'électricité, et le vieux rocher, la vieille colonne d'Hercule trembla dans ses fondements.

Ah ! ce fut une cruelle terreur pour les habitants de Gibraltar quand, à la suite de ces explosions, ils ressentirent de si violentes secousses que la vieille forteresse s'ébranla comme si elle allait s'effondrer dans la mer.

On sait quelle influence a toujours, dans une ville investie, la population civile sur le reste des assiégés. Les femmes et les enfants, par leurs larmes, leurs terreurs, amollissent d'abord le courage de leurs maris', de leurs pères.

Puis, si le danger devient effrayant, ils imaginent, les uns et les autres, des raisonnements funestes pour prouver qu'après tout les querelles de nation à nation ne les regardent pas. Tel homme qui commence à avoir peur ne demande qu'à être convaincu. Il communique peu à peu ses impressions à son voisin, qui n'attendait que cette confidence pour faire chorus.

Bientôt, on ose dire presque tout haut ce qui se communiquait hier à voix basse. Déjà, l'on ne se gêne plus ; on va jusqu'à le crier aux oreilles des officiers, qui se fâchent et menacent de faire fusiller les lâches. Mais les soldats, eux aussi, ont entendu. Travaillés par les peureux ils n'ont aucun enthousiasme pour le saut périlleux dont ils sont menacés.

Et Nicolas Ramine a recommencé ailleurs ses trous. Il renouvelle ses explosions. La frayeur est à son comble. Les obus de Martinez Campos font d'autre part des victimes nombreuses, et enfin, un soir, les soldats, qui n'avaient plus assez de thé et auxquels le roatsbeef manquait depuis deux jours, refusèrent les corvées et s'entêtèrent à ne pas servir les pièces.

La population civile vint devant la porte du gouverneur réclamer la reddition. Celui-ci, indigné, sortit de la maison et voulut faire fustiger les traîtres, mais les soldats eux-mêmes, en armes, vinrent appuyer les habitants.

Le gouverneur et ses officiers eurent alors l'imprudence de tirer sur la foule pour l'intimider, et blessèrent un artilleur.

Ce fut le signal d'une sanglante révolte. Le commandant, ainsi que la plupart des officiers, furent massacrés en moins d'une heure, et, dans la journée, la ville se rendait aux Polans.

C'est alors que survint un incident fort comique.

Nicolas Ramine, selon les instructions qu'il avait reçues, livra Gibraltar aux Espagnols; ceux-ci y entrèrent le soir même. Le lendemain, l'amiral du roi des Iles, prenant congé du maréchal Campos, voulut se diriger vers la petite île de Peregil, pour y installer des forces, selon les conventions, et y mouiller avec ses tortues.

Mais alors il vint à son bord un administrateur des douanes, celui-là même qui opérait avec tant de vaillance, à Irun, deux années auparavant. Ce personnage déclara que les vaisseaux polans devaient lui communiquer leurs feuilles de bord et payer une amende si elles n'étaient pas en règle, la douane espagnole ne pouvant, en aucun cas, perdre ses droits.

Nicolas Ramine crut à une plaisanterie et laissa voir qu'il la trouvait médiocre. Mais cet administrateur modèle, qui eût taxé le grand diable d'enfer, eut l'imprudence d'insister en affirmant que c'était très sérieux.

L'amiral polan demanda une entrevue à Martinez Campos, lequel lui dit que cela ne le regardait pas.

— En ce cas, dit Ramine, je sais ce que je dois faire.

Et il revint à son bord, où se trouvait l'étonnant douanier, et donna l'ordre de s'emparer de lui, ce qui fut fait.

On l'amena garrotté devant l'amiral qui lui dit :

— Je n'aime pas, monsieur, qu'on se moque de moi chez moi. Les Espagnols, avant de

mourir, tiennent, dit-on, à faire leur prière ; je
vous invite à dépêcher la vôtre, car vous allez
être pendu.

— Pendu ! s'écria le carabinero au comble de
la terreur, et pourquoi?

— Je n'ai aucune explication à fournir à un
homme qui ne comprend pas que je viens de
donner à l'Espagne un diamant équivalant à tous
les droits de douane du monde. Je vais vous
faire pendre sous les yeux de vos compatriotes.

Il fit un signe ; quatre solides matelots s'em-
parèrent du douanier et l'entraînèrent vers un
petit coin ou l'on essayait déjà une corde suiffée
arrangée en nœud coulant.

L'Espagnol se mit à crier comme un aveugle.
Du haut des remparts, quelques officiers devi-
nèrent ce qui allait se passer et avertirent leur
général.

Martinez Campos envoya un colonel s'informer de ce qui motivait les préparatifs de Nicolas
Ramine. Celui-ci ne fit aucune difficulté d'in-
struire le messager du général en chef.

— Mais, amiral, dit le colonel, cet homme
est Espagnol !

— Eh! allez au diable! s'écria Ramine. Je vais vous assiéger à votre tour dans Gibraltar, que je ferai sauter quand il me plaira

Le colonel pria l'amiral d'attendre un peu et se rendit auprès de son général, qui fit faire des excuses à Nicolas Ramine, en le priant de relâcher l'administrateur. Vingt minutes après, celui-ci était libre.

L'affaire s'ébruita, le douanier cria et l'Espagne se brouilla naturellement avec le roi des Iles. Elle voulut même empêcher Ramine de s'installer sur la côte marocaine.

Mais il était plus facile d'émettre cette prétention que de la soutenir.

Le lieutenant du roi des Iles mena ses tortues devant Centa, qu'il bombarda et prit d'assaut dans la journée, sous les yeux de Martinez Campos.

Il renvoya tous les forçats en Espagne en leur fournissant des barques pour prendre la mer, et s'empara de la côte, qu'il garda et qu'il fortifia sérieusement, comme il en avait reçu l'ordre.

Ce rapide et audacieux coup de main mit

l'Espagne entière en fureur. On pensa tout de suite à se venger, et l'Angleterre, qui sait oublier ses griefs à propos, arriva juste à point pour renouer les négociations relatives à une alliance offensive et défensive.

L'Italie, de son côté, ne cachait pas son dépit.

« Il nous importe peu, disait un de ses journaux les plus officieux, il nous importe peu que l'Angleterre soit ou ne soit pas à Malte, si l'Italie n'a rien à y gagner. L'aventurier qui se prétend le roi des Iles pourrait bien apprendre à ses dépens qu'on ne brave pas avec impunité toutes les grandes puissances. »

Cette fois encore, l'Angleterre ne voulut pas se souvenir que le cabinet de Rome venait de lui jouer un tour affreux et offrit de nouveau son alliance, qui fut acceptée avec empressement. La Grande-Bretagne pouvait donc compter sur les flottes des Pays-Bas, de l'Espagne, de l'Italie, et sur les vaisseaux qu'elle faisait construire sur ses chantiers.

Mais les bâtiments anglais ne pouvaient pénétrer dans la Méditerranée, et les cuirassés italiens, ainsi que quelques bateaux espagnols, ne pouvaient en sortir.

Sir Reginald Macdonald, sur l'ordre de son gouvernement, s'était rendu à Londres. L'Amirauté, informée par lui très exactement de ce qui s'était passé, tant à Gibraltar qu'à Malte, le félicita sur son courage et sur son énergie.

Puis elle le nomma commandant en chef d'une flotte qui devait opérer dans la Méditerranée, et qui se composerait des trois vaisseaux anglais réfugiés à Trieste, de cinq cuirassés italiens sous les ordres de l'amiral Mattei, et d'une escadre espagnole.

Macdonald revint à Trieste, attendit ses alliés et prit la mer.

Les Polans n'avaient alors dans la Méditerranée, en dehors des forces de Nicolas Ramine, qu'une escadre de huit vaisseaux, dont le quartier général était Chypre, plus, des canonnières et une tortue devant Malte.

C'était Pontins qui commandait toutes ces forces. Macdonald alla le chercher à Chypre même et lui offrit la bataille. Pontins accepta sans hésiter.

Le jeune contre-amiral avait sous ses ordres Capmartin et Paleïeff comme chefs d'escadre. Il chargea Paleïeff, homme d'une audace peu commune, de se jeter sur les trois vaisseaux anglais pendant que Capmartin attaquerait les Espagnols, et que lui, Pontins, se chargerait de la flotte italienne.

La bataille, qui avait lieu en vue de Famagouste, fut rude. Cependant, tout se passa comme l'avait prévu Pontins. Paleïeff tint bon devant Macdonald, qui avait trouvé un adversaire digne de lui. Capmartin s'empara d'un vaisseau espagnol, et Pontins venait de mettre en déroute l'escadre italienne, lorsque, au moment où le jeune comte de Pontevedra donnait l'ordre de courir sus au vaisseau amiral italien *le Duilio*, pour le prendre à l'abordage, une grenade venant d'on ne sait où éclata devant lui et le tua net.

Il s'ensuivit un grand trouble dans la flotte polane. Macdonald, redoublant alors d'efforts, parvint à reprendre l'offensive et eut la gloire, non pas de détruire la flotte polane, mais de l'obliger à lui céder le champ de bataille.

Ralliée par Paleïeff, elle se retira en très bon ordre.

L'Anglais n'osa pas la poursuivre.

A la suite de cette demi-victoire, un long cri de triomphe retentit en Angleterre, en Espagne, en Italie. En Italie surtout. D'un bout à l'autre de la péninsule, on se congratula. Le *Diritto* imprimait en tête de ses colonnes les lignes suivantes :

« Ils ne sont donc pas invincibles, ces insolents marins ! On a pu voir qu'il y avait autant de jactance que de bonheur dans leurs précédents succès. L'Angleterre, épuisée, n'a eu qu'à nous demander notre alliance pour que la face des choses changeât. Car, nous pouvons le proclamer sans fausse modestie, c'est à l'Italie que l'amiral Macdonald doit la victoire de Famagouste. C'est d'un navire italien qu'est parti le projectile mortel qui a tué Pontins. Nous devons donc nous réjouir de cette victoire et en être fiers à deux points de vue : en premier lieu, nous avons entamé la puissance et le prestige du prétendu roi des Iles ; et nous avons prouvé, ensuite, que la marine italienne est devenue l'une des plus redoutables, sinon la plus redoutable du monde. »

L'article se terminait, selon l'usage de ce journal, par quelques injures pour la France, qui, pourtant, se tenait bien tranquille.

Maxime-Jean était dans la mer Rouge, ralliant Madagascar, lorsqu'une mouche d'escadre, faisant force de vapeur, vint lui annoncer la fatale nouvelle.

En apprenant la mort de Pontins, le roi des Iles ne put retenir ses sanglots. Mais ce premier mouvement de faiblesse fit bientôt place à la plus violente colère qu'eût jamais éprouvée et qu'eût jamais laissé voir cet homme, si maître de lui d'ordinaire.

En proie à une fureur nerveuse épouvantable, la bouche crispée, les yeux agrandis, pâle comme un mort, Maxime-Jean parcourait le pont du vaisseau royal, *le Monarch*, en proférant des cris et des menaces.

— Pontins ! disait-il, trois nations se sont réunies pour me tuer Pontins ! un héros ! un enfant dont j'aurais fait un prince ; un marin sans peur qui aurait épousé la fille d'un roi. Ils

me l'ont tué! Et d'abord, qui me l'a tué? s'écria-
t-il en se plantant devant l'officier qui lui ap-
portait cette triste nouvelle.

— On ne le savait pas quand j'ai quitté Suez
pour vous avertir de ce malheur.

— Oh! oui, un malheur! le plus grand qui
pût frapper notre jeune monarchie. Ce n'est
pas la défaite qui m'émeut. C'est la perte de
celui à qui je dois la victoire de Pontevedra, et
plus encore peut-être. Malheur! malheur à
celui qui l'a tué! Je vous réponds que celui-là
verra de mauvais jours.

Ce fut les yeux pleins de larmes que Maxime-
Jean fit les signaux nécessaires pour que la
flotte entière revînt sur ses pas.

— Messieurs, dit-il à ses officiers, nous
allons venger Pontins, et ni vous ni moi n'aurons de repos que cela ne soit fait.

Puis, se tournant vers le second de l'aviso qui
attendait respectueusement ses ordres :

— Vous, monsieur, vous direz à votre capitaine de continuer sa route jusqu'à Villejean,
dans la baie de Diego-Suarez. Il y trouvera
Kellner et Joë Green qui doivent avoir préparé

l'armée et la flotte dont j'allais prendre le commandement. Vous leur direz de venir me rejoindre à Chypre avec toutes leurs forces.

L'officier fit le salut militaire et regagna l'aviso pendant que les cuirassés du roi des Iles remontaient à toute vitesse vers Suez. Huit jours après, la flotte des alliés, qui avait fait une tentative malheureuse pour jeter deux mille hommes dans Chypre, recevait l'ordre de se porter au-devant du roi.

A Ismaïlia, Maxime-Jean avait lu les journaux italiens et principalement l'article du *Diritto*.

— Ah ! ce sont eux qui m'ont tué Pontins ! Et ils s'en vantent ! ils s'en vantent ! Ils ont bien tort !

Le brave amiral Macdonald, l'un des héros de la bataille de Trois-Jours, savait par expérience ce que valait Maxime-Jean et ne se faisait pas beaucoup d'illusions sur le résultat probable de la rencontre qui allait avoir lieu.

Il n'ignorait pas quel fond il fallait faire sur les vaisseaux italiens et sur les marins espagnols. Mais il avait reçu des ordres et il vint en face même de Port-Saïd pour empêcher le roi de déboucher dans la Méditerranée. C'est ce qu'il avait de mieux à faire. Maxime-Jean était trop exaspéré pour reculer, pour prendre la moindre précaution et même pour attendre vingt-quatre heures. Il donna, dès qu'il vit l'ennemi, des ordres pour que ses vaisseaux quittassent à toute vapeur la rade de Port-Saïd et, comme à Pontevedra, allassent, presque sans tirer un coup de canon, attaquer l'ennemi corps à corps.

— Que pas un ne s'échappe ! fut son dernier mot.

Nous ne raconterons pas par le menu la bataille de Port-Saïd. Elle fut terrible, mais ne dura pas plus de quatre heures. Le brave Macdonald, malgré son talent et malgré son énergie, fut écrasé. Ses trois vaisseaux firent des prodiges, mais ne parvinrent pas à ramener la victoire sous le pavillon britannique. Tous les Espagnols furent pris à l'abordage.

Les Italiens, sachant bien que Maxime-Jean se vengerait, sans doute, et d'une façon que l'histoire n'oublierait plus, se défendirent avec une véritable rage.

Ils déployèrent dans cette circonstance une rare valeur.

Pendant que deux de ses bâtiments coulaient bas, Macdonald se porta vaillamment à leur secours. Mais malgré tout son courage, malgré l'ardeur de ses officiers, malgré l'appui de Macdonald, l'amiral italien dut céder au nombre, et, après avoir fait vaillamment son devoir, il se rendit.

Sir Reginald, lui, ne voulut pas se rendre et continua de lutter jusqu'à ce que tout fût désespéré. Son vaisseau ne fut pas pris. Il coula, mais le brave marin anglais, monté sur un torpilleur-plongeur, parvint à gagner le large et à revenir à Trieste, d'où il partit pour l'Angleterre.

Maxime-Jean, après sa victoire, vint à Chypre et voulut voir le corps de Pontins, qu'on avait embaumé. Il pleura de nouveau sur son intrépide compagnon, puis il commanda que des funérailles solennelles lui fussent faites.

Les prisonniers italiens furent forcés d'assister à ces funérailles, dans lesquelles le roi prodigua une pompe inénarrable.

Pour toute oraison funèbre, il ne prononça que ces paroles :

« Pontins avait toutes les vertus. C'était le meilleur et le plus digne de nous tous. J'emporterai son cercueil à mon bord, pour lui conquérir un mausolée digne de lui et digne de nous. »

Le roi fit, en effet, porter la bière où reposait Pontins à bord du *Monarch*, et on la déposa dans une sorte de chapelle où elle fut littéralement ensevelie sous les fleurs.

Toutes ces cérémonies avaient duré quinze jours. Au moment même où elles s'achevaient, Kellner télégraphiait de Suez qu'il venait d'entrer dans le Canal. Trois jours après, il était en vue de Chypre avec Joë Green, qui amenait une escadre et vingt transports.

Nous ne nous attarderons pas à raconter minutieusement cette campagne, qui est dans toutes les mémoires. On sait comment le roi des Iles jeta une armée en Sicile et s'empara de l'île en quelques jours, tout comme et mieux que Garibaldi.

Décidément, la Sicile n'est pas difficile à conquérir. La Sardaigne, pendant ce temps, subissait le même sort, presque sans coup férir.

C'est en entrant à Palerme que Maxime-Jean osa, pour la première fois, dévoiler son ambition. Dans un ordre du jour qu'il fit pour féliciter sa flotte et ses troupes de terre, il prononça ces paroles, qui expliquaient et contenaient toute sa politique :

« La mission que nous nous sommes imposée est d'étendre notre pouvoir sur toutes les îles du globe. Aujourd'hui, c'est la Sicile et la Sardaigne qui sont à nous. Demain, ce seront les Baléares, les Antilles espagnoles et anglaises, les Philippines, les îles de la Sonde, les Célèbes et tous les archipels de l'Océanie. Soldats et marins, nous ne nous reposerons que lorsque ce but suprême aura été atteint. Et alors, nous serons vraiment les maîtres du monde. »

X

L'INCIDENT ITALIEN ET LES MANŒUVRES ANGLAISES

Cette déclaration menaçante, que le télégraphe porta aux quatre coins de l'Europe, eût été un acte d'insigne folie si Maxime-Jean n'avait été prêt à en assurer l'exécution.

Depuis l'avant-veille, le gouverneur d'Haïti, qui, depuis deux ans, faisait construire des vaisseaux sans discontinuer et qui aguerrissait une armée de vingt mille mulâtres bien armés, bien équipés, bien disciplinés et fiers de l'être, le gouverneur d'Haïti, dis-je, le fameux John Knox, avait pris la mer avec tout son monde et se présentait devant Kingstown de la Jamaïque pour l'enlever de vive force. L'opération ne fut pas difficile. Les soldats anglais, moins bien équipés depuis les défaites, moins bien armés aussi, ne se battaient plus qu'avec la plus grande mollesse et lâchaient pied dès qu'ils

12.

voyaient en face d'eux des troupes quelque peu supérieures en nombre.

A cela il n'y a rien de bien étonnant, d'ailleurs : c'est le cas de presque tous les peuples vaincus. Le commodore W.-L. Brown, qui voulait résister et qui le pouvait d'ailleurs, fut abandonné par ses soldats. Le vice-amiral Mac Clintock, qui commandait la station de l'Amérique du Nord et des Antilles, n'était guère en état de s'opposer aux intentions de John Knox. On lui avait depuis longtemps enlevé ses meilleurs navires et ses cuirassés de station, qui avaient pris part à la bataille de Trois-Jours.

Néanmoins, il tenta la fortune avec une flottille de canonnières et fut obligé de battre en retraite après une manifestation platonique.

John Knox s'empara de tous les ports de la Jamaïque, qui sont, comme on sait, au nombre de trente, frappa un impôt de guerre très lourd sur toute la population anglaise, et continua sa campagne en attaquant et en prenant les Antilles espagnoles : Cuba, Porto-Rico, etc.

Après les Antilles, il prit les Bermudes et ne laissa indemnes que la Martinique et la Guadeloupe. Non que Maxime-Jean renonçât à s'en emparer, mais il n'était pas en guerre avec la France et il se réservait de traiter cette question plus tard, à l'amiable, avec le cabinet de Paris, en lui offrant des compensations importantes du côté de Pondichéry.

Dans la mer des Indes, et au même moment, Lamanon comme contre-amiral, Joshua Klett et Prytz comme généraux d'armée, attaquaient successivement les Philippines, les Célèbes, les Moluques, Bornéo, Sumatra, Java, la Nouvelle-Guinée, et parvenaient à installer partout des garnisons composées d'Indous et de Malgaches, de Malabars et de Malais.

Lamanon eut bien quelque peine à se débarrasser de la flotte néerlandaise, mais enfin il la détruisit après une série de cinq combats meurtriers dont le dernier lui coûta deux vaisseaux et lui valut le titre de duc. Une fois vainqueur, Lamanon se préoccupa particulièrement d'occuper et de fortifier le détroit de Malacca, le détroit de la Sonde, le détroit de Bali et en général toutes les routes des mers Pacifiques.

Dans une proclamation habilement rédigée, l'amiral polan expliquait aux populations indigènes que le roi des Iles fondait une puissance océanienne et qu'il venait leur offrir la liberté en chassant des maîtres dont le meilleur ne valait rien ; qu'en somme, ils n'étaient ni Espagnols, ni Hollandais, ni Portugais, ni Anglais, qu'ils étaient Océaniens et que Maxime-Jean, leur souverain, venait de fonder le véritable empire d'Océanie.

De si bonnes raisons, appuyées par trente mille hommes, par cent canons et par une flotte cuirassée de huit vaisseaux, eurent tout le succès qu'en attendait le nouveau duc.

Prytz et Joshua Klett défirent à plusieurs reprises les troupes espagnoles ou hollandaises, et toutes les îles de ce groupe important qui obstrue la route du Japon et de la Chine furent soumises en un temps relativement court.

Ici encore, l'Angleterre avait des amiraux et des commodores ; mais ces amiraux et ces commodores commandaient une marine insuffisante, comme Mac-Klintock, et ne purent qu'assister, la rage au cœur, aux progrès du mortel ennemi de la Grande-Bretagne.

Ne pouvant rien empêcher sur mer, ils s'entendirent avec les généraux de l'armée de l'Inde pour organiser, à tout événement, la défense de la presqu'île indienne.

On savait que les rajahs de l'intérieur commençaient à s'agiter. L'ancien Guicowar de Baroda, déposé en 1873 ou 74, s'était soustrait à la surveillance qu'on exerçait sur lui et cherchait à soulever le puissant royaume dont il avait été le souverain.

D'autre part, on savait que depuis la bataille de Pontevedra, le gouvernement russe acheminait sans cesse des troupes sur l'Asie centrale. Le général Ivanoff, l'homme le plus familiarisé avec les peuplades de ce pays et avec le pays lui-même, le général Ivanoff, un soldat de fer, avait préparé des camps aux environs de Khiva, sur les bords de l'Amou-Daria, près de Taschkend, à Boukharra et sur la frontière de l'Afghanistan.

Ces camps se remplissaient peu à peu de troupes qui n'attendaient qu'un signal pour franchir les défilés, prendre Caboul et se jeter par trois ou quatre chemins différents sur le royaume de Lahore.

Boislucas, ministre des affaires étrangères, était à Saint-Pétersbourg. La Russie venait de reconnaître Maxime-Jean Ier. La France en avait fait autant et l'on s'attendait à ce que l'Autriche et l'Allemagne du Nord suivissent cet exemple.

L'Angleterre, encore puissante par sa richesse et capable de construire vingt flottes, n'en paraissait pas moins perdue.

Obligés de secourir leurs colonies et de s'épuiser pour cela, les Pays-Bas et l'Espagne n'étaient capables de rien pour aider la Grande-Bretagne à reprendre le dessus. L'alliance qu'elles avaient eu l'imprudence de conclure — elles s'en mordaient les doigts — était chose nulle.

Quant à l'Italie, elle avait trop à faire pour son propre compte! Maxime-Jean, avec une armée de cinquante mille hommes et trente vaisseaux, car Nicolas Ramine s'était joint à lui, venait d'attaquer Naples, de prendre Ischia et Capri, qu'il comptait garder comme une perpétuelle menace, et avait jeté deux corps d'armée de quinze mille soldats chacun dans les Calabres, où de petites troupes se manœuvrent plus aisément que les grandes masses.

Le gouvernement italien se hâta de concentrer une armée de cent et quelques mille hommes au pied des Apennins. La mobilisation fut décrétée et les troupes dirigées vers le sud.

Mais alors, le roi des Iles et ses lieutenants se mirent à parcourir les côtes, en bombardant tout et en simulant sur chaque point une descente.

Gênes fut menacé. Deux mille marins polans occupèrent San Remo pendant huit jours. Paleïeff alla cribler d'obus les fortifications d'Ancône et remonta vers Venise.

Une terreur folle, un désarroi complet, furent la suite de ces événements. Les Italiens étaient dans un état d'exaspération indicible.

Le peuple accusait le gouvernement de pactiser avec l'ennemi. Les révolutionnaires profitaient de l'occasion pour tâcher de gagner au grabuge quelque argent, quelque place ou quelque galon.

L'armée, harassée, allait du nord au sud, de l'ouest à l'est, à la recherche d'un ennemi qui se montrait partout et que l'on ne trouvait nulle part.

Octave Kellner, commandant en chef de l'armée polane dans les Calabres, déployait une activité et une intelligence militaire des plus rares.

Pendant qu'il escarmouchait sans cesse avec l'avant-garde de Cialdini ou menaçait son flanc, car il se transportait d'un endroit à un autre avec la plus étonnante rapidité, Maxime-Jean inondait le pays d'émissaires qui faisaient une active propagande en faveur de l'ex-roi de Naples. Il annonçait même son intention de rétablir le pouvoir temporel du pape et de réduire la maison de Savoie au Piémont et au duché de Gênes.

Au milieu de tous ces événements, Kellner, sans livrer un seul combat, forçait son adversaire à reculer sans cesse et le menait sur un champ de bataille où, malgré son infériorité numérique, il comptait le battre définitivement.

Ce fut alors que le cabinet italien, débordé

par les anarchistes et cédant à la pression de
l'opinion publique, envoya des ambassadeurs
au roi des Iles, pour lui proposer un armistice
et pour implorer la paix.

Maxime-Jean, qui ne perdait pas de vue son
objectif principal, l'Angleterre, Maxime-Jean
ne se fit prier que le temps nécessaire à bien
prouver qu'il aurait pu aller jusqu'à Rome.

— Je consens à traiter, dit-il aux envoyés italiens, quand il daigna leur donner audience
Seulement, messieurs, dites à votre gouvernement que l'ingratitude d'une nation doit avoir
des bornes. Il ne tiendrait qu'à moi, si je m'al-
liais avec une puissance qu'il est inutile de
nommer, il ne tiendrait qu'à moi de vous réduire au désespoir. La leçon que je viens de
vous donner profitera-t-elle à vos gouvernants
et à votre peuple? Je le désire, sans l'espérer.

Ces dures paroles d'un vainqueur, il fallut
les accepter, et la paix fut signée à des conditions désastreuses pour l'Italie. Elle céda toutes
ses îles et fut obligée de livrer ce qui lui restait
de sa flotte, sans compter qu'elle s'engageait
à payer un impôt de guerre d'un milliard.

13

Maxime-Jean stipula encore dans son traité que cinq mille soldats italiens seraient employés pendant tout le temps nécessaire à la construction d'une immense tour octogone de deux cents mètres de haut et à vingt-trois étages rentrants avec terrasse, laquelle tour, érigée en Sicile, sur le mont Madema, à quinze cents mètres au-dessus du niveau de la mer, serait le tombeau de Pontins.

Maxime-Jean voulut pour son lieutenant préféré ce gigantesque monument qu'on pouvait voir à trente lieues au large sur la mer Tyrrhénienne, afin que ses ennemis sussent bien comment il punissait la félonie et de quelle façon il vengeait les siens en les honorant.

Le roi n'eut pas besoin de laisser en Italie une armée d'occupation. La Sicile lui suffisait pour surveiller sa débitrice. Il établit des tortues dans le canal de Messine, dans la *bocca Piccola,* entre Capri et la terre ferme, ainsi que dans le canal d'Ischia. Il ne crut pas nécessaire d'en faire davantage. Naples lui servait ainsi de porte ouverte pour pénétrer dans la botte lorsqu'il le voudrait.

Quand toutes les îles de la Méditerranée, sauf la Corse, furent en son pouvoir, Maxime-Jean alla prendre le commandement de sa flotte de l'Inde, et l'on apprit avec terreur qu'elle venait de paraître simultanément devant Melbourne et devant Sidney. Bien mieux, à l'aide de radeaux construits exprès, il débarqua vingt mille hommes par les lacs du sud de la province de Victoria. Cette armée gagna le Gibsland et se dirigea, sans perdre une minute et malgré les montagnes, vers le chemin de fer de Sidney à Melbourne, que Kellner avait l'ordre d'occuper à Wadonga.

L'Australie n'a pas beaucoup plus de trois millions d'habitants. Aucune force armée digne de ce nom n'est en état de la défendre.

Ce ne sont pas les quatre-vingt-seize soldats réguliers de la province de Victoria qui auraient cette prétention. Quant aux volontaires, ils sont braves et ils aiment à parader, mais on ne fait pas la guerre avec de pareilles gardes nationales.

Le commodore Erskine et sir Henry Parkes, premier ministre et secrétaire colonial à Sidney, voulurent s'opposer à un débarquement dirigé par Kasaloff ; mais le premier n'avait pas de navires ; le second, pas d'hommes et pas de canons.

Depuis le commencement de la guerre, les Australiens avaient bien créé un arsenal maritime et des chantiers.

Sir Nathaniel Barnaby, directeur de constructions navales en Angleterre, s'était rendu secrètement à Melbourne, à bord d'un navire français, avec des ingénieurs et de nombreux ouvriers.

L'ingénieur en chef des machines, James Wright, y était allé également installer des ateliers. Seulement les choses avaient marché lentement et les vaisseaux en construction n'étaient pas encore lancés, quand Maxime-Jean se présenta devant Melbourne.

On avait bien fait à la hâte, sur les deux côtés de la passe, des travaux de fortifications, mais le roi força le goulet, pénétra dans l'immense baie et alla s'embosser devant la ville.

La population cosmopolite de Melbourne n'était pas très disposée à se faire écharper.

Maxime-Jean lui adressa une proclamation dans laquelle il promettait aux Australiens de ne pas toucher à leurs institutions.

« Mais, ajouta-t-il, mon intention est de garder l'Australie, qui, en somme, est une île. Votre pays, jusqu'à ce jour, n'a été qu'une colonie, je veux en faire une métropole, la métropole du plus vaste empire du monde, la métropole de l'Empire des mers. »

Deux ministres, l'honorable Charles Young et l'honorable docteur L.-L. Smith, ne pouvant résister, donnèrent leur démission. Le gouverneur, représentant la couronne d'Angleterre, invita les principaux citoyens à une assemblée où l'on discuterait les propositions du roi, qui avait donné vingt-quatre heures à la ville pour se rendre.

Pendant ces vingt-quatre heures, on apprit que le chemin de fer était occupé par l'armée de Kellner, installé à Wadonga et à Albury, à cheval sur les deux États de Victoria et de la Nouvelle-Galles du Sud. Sydney, bombardé par Kasaloff, se rendit. Melbourne était incapable de résister aux forces réunies du roi des Iles ;

elle capitula aussi. Maxime-Jean prit possession du palais du gouvernement, déclara Melbourne capitale de ses États, se rendit à l'église catholique, où il fit chanter un *Te Deum*, après quoi, sans plus de cérémonie, l'évêque et ses officiers le proclamèrent Empereur des Mers.

Ce fut le surlendemain même du couronnement qu'eut lieu la suprême tentative des Anglais pour se débarrasser de leur terrible adversaire.

Cette fois, ils employèrent les grands moyens.

C'était dans l'après-midi. Maxime-Jean sortait du palais pour se rendre au-devant de son armée de terre, qui arrivait par le chemin de fer.

La voiture de l'empereur venait de paraître dans la rue, quand un homme à cheval arriva, bride abattue, renversant tous ceux qui lui barraient le passsage.

On crut d'abord que le cheval avait le mors aux dents, et on s'écartait de toutes parts. Mais, arrivé à deux pas du roi, l'homme brandit un revolver et fit feu.

Maxime-Jean fut décoiffé par la balle, et

l'assassin allait tirer une seconde fois, quand on vit reluire au soleil la lame d'un sabre, et l'homme tomba de cheval, la tête entr'ouverte.

C'était l'empereur lui-même qui, ayant deviné l'intention du bandit, avait promptement dégainé et venait de casser la tête à son assassin en disant :

— Si tous les souverains assommaient sur le coup ceux qui tentent de les assassiner, le métier de régicide deviendrait vite impraticable.

Cependant l'homme n'était pas mort. On le soigna, et, au cours de sa convalescence, il avoua que sa tentative d'assassinat lui devait être payée par l'Angleterre deux mille livres sterling.

Bien entendu, le cabinet de Londres nia le fait, mais deux ou trois journaux irlandais n'hésitèrent pas à déclarer que le gouvernement anglais avait secrètement, depuis quinze mois, mis à prix la tête de Darnozan.

Et, en effet, la police de Melbourne arrêta quelques jours plus tard plusieurs individus qui furent convaincus de complot contre la vie de l'empereur des mers.

Celui-ci alors s'embarqua sur le *Monarch* pour aller soumettre la Nouvelle-Zélande et la terre de Van-Diémen.

Mais il n'était pas en mer depuis trois jours, sur une côte inabordable, que des voies d'eau se déclarèrent subitement et presque à la même heure sur trois de ses cuirassés, y compris le vaisseau amiral.

On s'aperçut du danger juste à temps pour éviter un malheur, et l'on parvint à remédier à ces accidents. Puis on fit une enquête, et l'on sut que des matelots nouvellement embarqués étaient descendus dans la soute au charbon et y étaient restés assez longtemps. Ces hommes se disaient Irlandais, de Queenstown. On leur fit subir un interrogatoire. Ils ne connaissaient même pas le comté dont ils se disaient origi- naires, et l'on s'aperçut bientôt qu'ils imitaient assez maladroitement l'accent irlandais. On fouilla leurs sacs. Ils contenaient une somme considérable en or anglais et en bank-notes.

Ils furent jugés tous les trois, séance tenante, par une cour martiale que présidait Kasaloff. Deux heures après, ils étaient pendus.

XI

Lord Killyett, on le sait, avait pris part à la
bataille de Trois-Jours, où il s'était fort honora-
blement conduit comme chef d'état-major de
l'amiral Hood, qui commandait une escadre.
Mais il avait été fait prisonnier par Maxime-
Jean.

Le roi des Iles, pour la seconde fois, le remit
en liberté. Il le fit débarquer sur la côte d'Espagne après lui avoir dit :

— Vous ne me pardonneriez jamais, milord,
quand vous serez mon beau-père, de vous
avoir retenu. Présentez mes respectueux hom-
mages à lady Helena, que j'ai l'intention d'aller
épouser à Londres même.

« Après ce que j'ai fait, ajouta Maxime-Jean,
je puis bien vous révéler mes projets, que vous
ne prendrez plus, j'espère, pour des gascon-
nades. Allez ! »

Le noble lord, plus raide et plus obstiné que

jamais, ne daigna même pas remercier le roi et partit.

Quatre jours après, il était à Londres et se présentait à l'amirauté.

On ne fut pas peu surpris, en Angleterre, d'apprendre que le commodore lord Killyet venait d'arriver, renvoyé sans condition par le roi des Iles. On se souvint que déjà une fois Sa Grâce avait été faite prisonnière par un vaisseau polan, au moment où, en compagnie de sa fille, elle revenait en Angleterre sur le *Trent*, et que Maxime-Jean avait en sa faveur relâché le navire, ses officiers, ses matelots, ses passagers, tous ceux qui le montaient, enfin.

Et voilà que pour la seconde fois il se tirait sain et sauf des griffes du lion... de ce lion mieux endenté que le lion britannique, de ce lion qui n'avait jusqu'alors laissé échapper aucune proie, et qui s'était encore moins abandonné à aucun acte de clémence envers les Anglais tombés dans ses mains.

Quand un peuple est accablé par les défaites, il devient facilement soupçonneux, et tout bas d'abord, ouvertement plus tard, on accusa lord Killyett de haute trahison.

En Angleterre on a fusillé l'amiral Bing pour avoir été battu. Il ne pouvait pas arriver pis au noble lord. Mais enfin, il pouvait lui en arriver autant, et il était déjà question dans les journaux de le décréter d'accusation, quand le bruit se répandit, sans qu'on sût qui l'avait mis en circulation, que si Darnozan — on n'appelait pas autrement en Angleterre l'empereur des mers — avait si furieusement fait la guerre à la Grande-Bretagne, c'est que Lord Killyett lui avait refusé la main de sa fille, lady Helena.

La nouvelle parcourut les Trois-Royaumes en quarante-huit heures, sans que les journaux en eussent parlé; et il se forma, dès cet instant, un courant d'opinion, de source féminine, on ne peut plus favorable à Maxime-Jean.

Oui, cet homme, honni hier par toute la nation anglaise, représenté dans tous les écrits comme un grossier marin, brutal et mal élevé, devint tout à coup un héros, un de ces héros de roman, tout confits en sentiments purs et en délicatesse raffinée.

Ce phénomène n'est pas d'ailleurs une exception. On a vu les femmes anglaises s'éprendre d'amour successivement pour Garibaldi, pour Cettiwayo, pour Arabi-Pacha et pour l'éléphant Jumbo.

Il n'est donc pas bien surprenant que le cœur ratatiné de toutes les vieilles misses dont la fatale destinée est d'être vouées au célibat se soit agité, sous la cendre, en faveur de ce galant marin qui bouleversait l'univers entier et ruinait totalement un peuple puissant, par l'unique raison qu'il était amoureux d'une héritière.

Ce fut comme une traînée de poudre. De l'île de Wight à l'extrême nord de l'Écosse, tous les cœurs en disponibilité se mirent à battre avec fureur pour Maxime-Jean, que les Anglaises appelaient entre elles « le Roi ». Oui, le Roi, le Roi tout court, cela suffisait, car Darnozan leur apparaissait comme le seul être humain digne d'un trône.

Dans tous les *boarding-house* de Londres, dans tous les familles de Glascow, de Liverpool, de Manchester, de Leeds, de Sheffield, d'Édimbourg, etc., etc., il y eut une malheureuse au moins qui se consuma incontinent pour ce galant victorieux.

Et, dès ce moment, la situation critique de l'Angleterre ne fut pour les misses qu'une chose d'une secondaire importance, à côté de l'intérêt qu'excitait et que méritait « le Roi ».

Une de ces folles proposa même un jour d'organiser un vaste meeting, exclusivement composé de demoiselles (de tout âge, bien entendu), et dans lequel on déclarerait que Maxime Darnozan était un gentleman parfait, adorable, et tout à fait digne de sa haute destinée.

Mais quelques journaux s'élevèrent avec véhémence contre ce complet oubli des *convenances anglaises* (*sic*), et les amoureuses « du Roi » se virent forcées de rengainer leur enthousiasme ou de le dépenser à huis clos.

Elles se rattrapèrent en consacrant tout leur temps à l'objet de leur amour.

Et alors commença l'envoi des petits cadeaux : mains de justice, nœuds d'épée, sceptres brodés, mèches de cheveux ; puis elles se mirent à expédier « au Roi » tout ce qu'il leur passa par la tête. Il y en eut qui se firent arracher des dents — vous savez, de ces longues dents — pour les expédier en hommage au héros.

Le malheur, c'est que la poste anglaise ne se chargeait pas, on le comprend, de pareilles commissions, et il fallut user de subterfuges pour ne pas rester avec tous ces présents sur les bras.

Quelques-unes des misses les plus passionnées allèrent s'installer sur le continent, à Boulogne, à Dinard, à Tours, et se chargèrent généreusement de faire parvenir au marin triomphant les témoignages touchants de la soumission de ses conquêtes.

Mais que pensait lady Helena?

La pauvre jeune fille, résolue à se conformer aux désirs de son père, essayait de ne pas s'occuper du beau jeune homme qui, elle le croyait aussi, n'avait voulu tant de gloire et tant de puissance que pour les déposer à ses pieds et se rendre digne d'elle.

Au fond, elle l'aimait, non pas à la façon de

ses compatriotes édentées ou assez imprudentes
pour dégarnir des têtes déjà chenues, mais
en femme qui sait ce que vaut l'objet aimé ; en
femme qui aurait été heureuse de se donner
sans condition à ce vaillant. Et elle s'étonnait
que son père poussât l'orgueil et la haine jusqu'à préférer la perte totale de l'Angleterre
à un mariage qui, après tout, valait mieux que
vingt autres.

Lord Salisbury, qui sentait le sol trembler
sous ses pieds, aurait donné sans regret toutes
les amoureuses du Royaume-Uni pour avoir le
temps de créer des flottes, d'organiser des
armées et de reprendre l'offensive contre ce
conquérant, que les Anglais continuaient fleg-
matiquement à appeler un aventurier, un bandit, un brigand, et que les Français venaient de
baptiser : le Napoléon des mers.

Les bruits qui couraient sur lord Killyett et
sur sa fille arrivèrent aux oreilles du premier
lord de la Trésorerie. Il fit appeler le commodore et lui demanda si c'était vrai.

Lord Killyett répondit qu'en effet Maxime
Darnozan lui avait autrefois demandé la main

de sa fille, mais qu'il ne croyait pas l'aventurier capable de cesser les hostilités, même si on la lui accordait.

— C'est *quoique* et non *parce qu'il* aime ma fille, que cet homme nous fait la guerre.

— C'est ce qu'il faudrait savoir au juste, dit lord Salisbury. Et dans le cas où il consentirait à faire la paix, seriez-vous homme à vous obstiner dans votre refus?

— Quoi! milord, s'écria lord Killyett, vous voudriez traiter avec ce pirate? vous voudriez que dans l'histoire votre nom...

— Oh! pas de grandes phrases. C'est bon au Parlement. Ici, nous sommes seuls et nous n'avons pas besoin de nous en imposer l'un à l'autre. L'Angleterre, qui n'était pas prête à la guerre de sauvage, que nous a faite cet homme, a besoin de deux, trois ou quatre ans de recueillement.

— Qu'entendez-vous par recueillement?

— J'entends par là une activité fébrile dans les arsenaux, dans les chantiers, dans les ports, dans les casernes, partout enfin.

— C'est-à-dire que vous voudriez pouvoir

respirer assez longtemps pour recommencer la lutte contre Darnozan ?

— Oui.

— C'est donc une paix boiteuse que vous voulez conclure ?

— Oui, et vous, voulez-vous donner votre fille à cet homme pour qu'il attende ? Toute la question est là.

— Non.

— Prenez garde, vous êtes déjà suspect.

— Je le sais, milord. Mais je préfère mourir que de me déshonorer en jetant ma pauvre enfant dans les bras de ce corsaire.

— Des mots ! des mots ! des mots ! fit lord Salisbury. Je vous donne trois jours pour réfléchir. Il s'agit de sauver votre patrie.

— Soit, répondit lord Killyett ; mais, en attendant, milord, n'oubliez pas que Darnozan m'a menacé de venir épouser ma fille dans Londres même.

— Avant qu'il ne soit dans nos eaux, il aura encore rencontré deux de nos flottes. Quant à la défense du pays lui-même, j'ai pris toutes les précautions.

Et, en effet, le premier lord de la Trésorerie, puisant à pleines mains dans le coffre-fort de la Grande-Bretagne, offrait une haute paye de quatre shellings par jour à tous les hommes valides de l'univers qui voudraient prendre du service dans l'armée anglaise.

Une véritable cohue, ramassis de tous les chenapans des deux mondes, arriva dans Londres en peu de temps, et les rues de l'immense ville, déjà si peu sûres en temps ordinaire, devinrent bientôt de véritables coupe-gorge.

Il fallut prendre des mesures énergiques, construire des baraquements et installer tout ce monde cosmopolite au camp d'Aldershot, sous les ordres de sir Montagu Steele, qui essaya de les soumettre à une discipline sévère et de leur apprendre l'exercice, deux prétentions qu'il n'eut pas le bonheur de réaliser complètement, la première surtout.

Entre temps, le ministère anglais, avec cet aplomb de marchands qui ne croient réellement qu'à une puissance : l'or, faisait une tentative extrêmement curieuse auprès de Darnozan.

Un des plus habiles diplomates de la Grande-

Bretagne lui fut envoyé en parlementaire, et avec une impudence qui touchait à la candeur, osa proposer à Boislucas d'acheter l'empereur des mers.

Nous avons dit de quel remarquable sang-froid était doué le ministre des affaires étrangères de l'empire. Il ne parut nullement étonné de la proposition, et laissa aller l'Anglais jusqu'à ce qu'il eût fini son discours.

La Grande-Bretagne offrait à Maxime-Jean un milliard pour racheter l'Australie et ses autres possessions. Et, en outre, elle s'engageait à lui payer annuellement deux millions sterling, c'est-à-dire à lui faire cinquante millions de revenu.

Quand le fameux diplomate eut fini, Boislucas, qui n'avait sans doute pas besoin de consulter son maître, se leva brusquement :

— Monsieur, dit-il, vous avez du bonheur. L'empereur consent à respecter votre caractère d'ambassadeur. Sans cela, vous iriez finir vos jours au fond de quelque cachot. Mais après tout, il vaut mieux que vous retourniez auprès de votre gouvernement, pour

lui dire que son insolente proposition lui coû-
tera infiniment plus cher que ce que vous êtes
venu nous offrir. Allez, monsieur, et quittez
promptement l'Australie.

L'ambassadeur anglais, très surpris de trouver sur la terre quelque chose ou quelqu'un qui
ne fût pas à vendre, ne se fit cependant pas prier
pour reprendre la mer.

Cependant, on savait, en Angleterre, que
lord Salisbury n'avait pas obtenu de lord Killyett
qu'il consentît au mariage de sa fille avec l'aventurier victorieux.

Les trois jours que lui avait donnés le
premier lord de la Trésorerie pour réfléchir
étaient écoulés à moitié, et l'on discutait avec
une sorte de frénésie, d'un bout de l'Angleterre
à l'autre, et l'on pariait même, pour ne pas en
perdre l'habitude, les uns que le père vraiment
obstiné céderait au dernier moment, les autres
qu'il persisterait dans son refus.

Les journaux eux-mêmes en parlèrent, et
pendant trois jours ne parlèrent même que de
cela.

Ceux-ci, qui représentaient plus spécialement

le gros commerce et le peuple, s'indignaient à
la pensée qu'un seul homme fût ainsi cause du
malheur de tout une nation ; ceux-là, organes
de l'aristocratie et du clergé, approuvaient sans
réserve l'attitude de lord Killyett et déclaraient
que le plus humble et le plus misérable cokney
devrait en faire autant, si le roi des Iles se
mettait dans l'esprit d'épouser sa fille, sous peine
de se rendre indigne du nom d'Anglais.

Et les paris continuaient leur petit train.

Lord Killyett, selon l'habitude de beaucoup
de ses pareils, ne lisait que les journaux qui
étaient de son avis. Il crut naturellement que
tout le monde, en Angleterre, l'encourageait
dans sa résistance, et il persista jusqu'à la fin
dans la ferme résolution qu'il avait fait connaître à lord Salisbury.

Lady Helena, elle-même, n'avait pas échappé
au chagrin de voir son nom dans les feuilles
publiques, et de lire chaque jour les élucubra-
tions du premier venu lui dictant une ligne de
conduite.

La malheureuse enfant, dont les pensées
s'élançaient malgré elle vers le vainqueur de

Pontevedra et de Gibraltar, était en proie à l'amertume la plus cruelle, au découragement le plus profond.

Involontairement, lady Helena s'indignait de voir tout le monde se permettre de la régenter, de lui donner des ordres, de l'insulter presque. Et elle se disait qu'il n'y avait personne qui songeât à la protéger, à la défendre, pas même son père.

— Ah! si Maxime était là! pensait-elle. Je suis sûre qu'il ordonnerait à tous ces gens de garder le silence et je suis encore plus sûre qu'ils obéiraient.

Et dans la sombre solitude où elle vivait volontairement pour se soustraire aux visites odieuses et aux conseils stupides, la jeune fille, ayant toujours l'esprit tourné vers les mêmes souvenirs et vers la même image, prenait ses compatriotes en haine et appelait déjà l'époux dont elle avait hâte de partager les grandeurs et la gloire.

A force de parler d'elle, soit en bien, soit en mal, ses compatriotes avaient fait naître chez la fille de lord Killyett une lassitude suprême, et à chaque minute elle désirait davantage de voir l'empereur des mers venir l'arracher à l'abominable supplice qu'on lui infligeait.

Mais voilà que Maxime-Jean, informé par le télégraphe de ce qui se disait, se faisait et s'écrivait dans Londres sur le compte de sa fiancée, envoya au *Times* une dépêche ainsi conçue :

« L'empereur des mers invite les Anglais à cesser toute discussion ayant pour objet lady Killyett. Les journaux qui ne se conformeraient pas à ce désir seraient exposés à de graves désagréments, quand Maxime-Jean aura conquis la Grande-Bretagne. »

C'était insolent, mais positif.

— Il m'a devinée ! s'écria lady Helena, au comble de la joie, en lisant cette singulière dépêche. Et quand l'Angleterre entière croyait à une mystification, elle ne douta pas une seconde de l'intervention affectueuse de celui qu'elle aimait.

En revanche, lord Killyett fut encore plus irrité de ce qu'il appelait le comble de l'audace, et prit aussitôt la résolution de ne pas laisser sa fille en Angleterre, afin que le brutal vainqueur ne pût mettre à exécution son projet de l'épouser en dépit de tout.

Lady Helena fut envoyée sur le continent, chez une parente qui habitait Nice l'hiver et Paris l'été. On était au mois de mai. Ce fut donc à Paris que la jeune fille alla s'installer.

Elle y était à peine arrivée, que l'on apprenait un nouveau désastre pour l'Angleterre.

Ceylan, la fameuse île de Ceylan, qui fut, disent les légendes indiennes, le paradis terrestre, Ceylan, la perle de l'Inde, venait d'être envahie par Lamanon, qui continuait tranquillement ses conquêtes dans l'océan Indien.

Il y avait eu, avant le débarquement des troupes de terre, un combat naval qu'avait voulu livrer le contre-amiral Gore-Jones, avec des navires en bois et deux cuirassés vendus à l'Angleterre par le Japon. L'engagement, assez sérieux d'ailleurs, s'était encore terminé à l'avantage de l'amiral polan, qui avait des forces infiniment supérieures et qui ne considéra pas cela comme un fait d'armes digne de lui.

Prytz commandait l'armée de débarquement. Il ne rencontra dans cette campagne que des troupes indigènes, et celles-ci n'éprouvèrent aucun besoin de résister. Elles se débandèrent au premier coup de canon, enchantées de secouer le joug d'un maître dont la dureté scandalisait le monde, quoique le cabinet britannique s'employât hypocritement à faire cesser la traite des nègres ou le transport des coolies chinois.

Une fois Ceylan soumis et suffisamment armé pour résister à un coup de main, Lamanon partait pour entreprendre la conquête du Japon.

Pedro Cabanil, de son côté, allait, avec une escadre, soumettre toutes les îles de la Polynésie et les divers archipels du Pacifique.

Presque en même temps, Maxime-Jean et une suite de trois ou quatre officiers seulement quittaient Melbourne sur un navire français, pour gagner l'Europe par le canal de Suez.

L'empereur des mers, qui voyageait sous un nom de fantaisie et que personne ne connaissait, d'ailleurs, à bord du steamer, l'empereur des

14

mers ne s'arrêta pas à Marseille. Il prit le premier train rapide après son arrivée, et se rendit
à Paris, où il devait passer deux jours.

De peur d'être reconnu, il ne sortit qu'en
voiture fermée et tout le monde était à cent lieues
de supposer que l'homme étonnant dont toute
l'Europe s'occupait fût à Paris; il put aller et
venir sans grand inconvénient.

Ce fut pendant une de ces courses que, passant par les Champs-Élysées, Maxime-Jean
aperçut lady Helena se rendant au Bois, en
calèche, avec sa parente.

L'empereur éprouva, en voyant celle qu'il
avait demandée jadis par bravade et qu'il avait
fini par aimer ardemment, une émotion extraordinaire. Un peu plus, il laissait échapper cette
occasion unique de savoir s'il devait espérer.

Cependant, après quelques minutes de trouble
et d'hésitation, Maxime-Jean pria l'officier qui
l'accompagnait d'aller l'attendre à l'hôtel, et
donna l'ordre à son cocher de rattraper la calèche
qui emportait Helena.

Une heure après, dans la grande allée des
Acacias, l'empereur des mers saluait la jeune

fille qui, grâce à la liberté dont jouissent les demoiselles en Angleterre, put s'entretenir avec lui sans que sa parente y trouvât rien d'extraordinaire.

Est-il besoin de dire que les deux jeunes gens laissèrent voir l'un et l'autre le trouble le plus profond. Lady Helena se sentait rouge jusqu'aux cheveux, et Maxime était pâle, plus pâle assurément que pendant les combats où se jouait sa grande destinée.

Cependant, le jeune héros savait ce qu'il avait à dire et n'hésita pas. Ils étaient descendus de voiture tous les deux et marchaient côte à côte sur les bas-côtés de l'allée, loin de toute oreille indiscrète, car la vieille parente d'Helena était restée insouciante et tranquille dans la calèche qui suivait au pas.

La jeune fille, tout à fait sûre de l'amour qu'elle inspirait, ne s'étonna pas que Maxime-Jean fût à Paris. Elle était persuadée que l'empereur des mers y était venu exclusivement pour elle, dès qu'il avait connu son départ pour la France.

— Je remercie Dieu, milady, pour le bonheur

qu'il m'accorde en me donnant la joie de vous
rencontrer plus tôt que je ne l'espérais.

— Êtes-vous à Paris depuis longtemps?

— Depuis trente-six heures, milady, et pour
peu de temps. Je suis donc bien heureux de
vous dire à quel point je vous aime et de pouvoir vous demander, à vous, si vous voulez
être ma femme ?

Lady Helena leva ses grands yeux d'un bleu
profond sur Maxime-Jean et lui demanda, en
rougissant davantage encore :

— C'est donc bien vrai que vous m'aimez?

— En doutez-vous, après ce que j'ai fait?

— Oh! je ne suis pas assez vaniteuse pour
m'imaginer que vos exploits ont tous été
accomplis à mon intention.

— Cette parole, milady, est presque celle
d'une reine, et je vous en remercie. Encore une
fois, voulez-vous être ma femme?

Maxime-Jean appuya sur ces deux mots *ma
femme*, en leur donnant un accent particulier.
Il voulait faire comprendre à lady Helena que
ce qu'il cherchait avant tout en l'épousant,
c'était le bonheur.

— Votre femme? répondit la jeune fille avec un regard de profonde et sincère gratitude, oui, à une condition.

— Laquelle, milady?

— M'accordez-vous d'avance ce que je vais vous demander?

— Oui, si c'est raisonnable. Non, si votre désir peut être nuisible à ma gloire, à la vôtre.

— Ah! fit lady Killyett attristée subitement. Je voulais vous demander de laisser au moins au gouvernement britannique l'Irlande et la Grande-Bretagne.

— Il n'est plus en mon pouvoir de satisfaire à votre vœu, milady. En ce moment même, William Smith, Kasaloff, Paleïeff et Capmartin livrent bataille à la dernière flotte anglaise, pendant que Kellner opère le débarquement de cent cinquante mille hommes qui auront conquis l'Irlande avant huit jours.

— Malheureuse! malheureuse! murmura lady Helena en essuyant une larme.

— Pourquoi, milady?

— Parce que je trahis mes compatriotes en vous aimant.

— Milady, je ne puis renoncer à conquérir l'Angleterre. Ce serait m'arrêter au moment de toucher le but. Mais, je puis, en faveur de ma femme, traiter doucement un peuple vaincu qui n'a jamais été tendre, lui, pour ses ennemis défaits. Dites, voulez-vous être l'impératrice des mers ?

— Ah ! Sire ! Sire !

— Silence, milady ! ne m'appelez pas ainsi. Personne en France n'y soupçonne ma présence.

Lady Killyett s'engagea dans une allée latérale, et, montrant son visage couvert de larmes :

— Oh ! mon ami, dit-elle avec explosion, que je suis malheureuse !

— Milady, reprit Maxime-Jean avec solennité, l'archevêque de Dublin célébrera notre mariage dans sa cathédrale avant huit jours. J'attends ma fiancée à Limerick, le 25 mai.

Lady Helena resta muette.

XII

Le soir même, Maxime-Jean partait pour Saint-Nazaire. Il y était attendu par un navire qui devait le porter en Irlande, où des événements d'une extrême importance se déroulaient déjà.

Depuis six semaines, une flotte impériale de vingt-quatre cuirassés et de cinquante-deux transports avait quitté Madagascar pour aller attaquer l'Irlande.

Après s'être ravitaillée de charbon à Sainte-Hélène, qui appartenait à Maxime-Jean depuis dix mois, les vaisseaux de l'empereur des mers, évitant avec soin de se rapprocher d'une terre quelconque, voulurent remonter jusqu'en Irlande sans être vus, dans l'espoir de surprendre les Anglais.

Mais ceux-ci étaient sur leurs gardes et ils attendaient leur ennemi avec deux flottes respectables, que lord Salisbury était parvenu à constituer, pour tenter un dernier et suprême effort.

La première, forte de douze vaisseaux, alla au-devant des Impériaux et les rencontra dans les parages des îles du cap Vert.

Mais, en présence des forces énormes dont Maxime-Jean disposait, la flotte anglaise battit en retraite à toute vapeur, et vint rallier le reste des forces britanniques, qui gardait les deux passes de la baie de Galwey, en Irlande.

On savait, en effet, que Maxime-Jean devait tenter là un débarquement. Tous les vaisseaux et toutes les troupes disponibles étaient dirigées sur le comté menacé.

Le gouvernement de la Reine avait, en outre, semé des torpilles sur toute la côte irlandaise. Enfin, avec une activité incroyable, on établissait des défenses sur tous les points vulnérables.

Jamais un peuple vaincu n'organisa ses dernières forces avec plus d'ardeur, plus de courage et, disons-le, plus de calme.

Mais que faire, quand un passé de cinquante ans d'erreurs combat contre vous? Que faire, quand il faut livrer bataille en même temps aux ennemis de l'intérieur et à ceux du dehors?

Maxime-Jean, qui s'attendait bien à trouver inabordables toutes les plages sur lesquelles il était facile de débarquer, savait aussi que l'endroit même où la flotte britannique se montrerait serait celui où il n'y aurait pas de torpilles.

Il supposait également que le long des falaises à pic du comté de Galway, où la nature a taillé le fameux escalier des Géants, il n'y avait non plus aucun engin explosible, une descente en ces lieux étant absolument impraticable.

Son plan fut bâti précisément sur toutes ces suppositions, qui se trouvèrent être exactes Et ce plan était justement de débarquer ses troupes à l'endroit même où tous les officiers anglais considéraient la chose comme radicalement impossible, de livrer bataille à la flotte ennemie, de la suivre partout où elle se retirerait, et enfin de ne pas plus s'occuper des torpilles que si elles n'avaient jamais existé.

Donc, les vingt-quatre cuirassés de Maxime-Jean naviguèrent droit à la flotte anglaise qui s'appuyait sur une formidable artillerie, placée dans l'île d'Arran, à mi-hauteur d'une petite montagne assez escarpée.

C'était le duc d'Édimbourg qui commandait la marine britannique, ayant sous ses ordres toute la jeunesse d'Angleterre, qui venait combattre là *pro aris et focis*. Sur dix officiers, on comptait six ou sept lords ou fils de lords.

La bataille s'engagea.

Aux premiers coups de canon, les batteries de terre se mirent à tonner, envoyant sur les Polans une pluie d'obus formidables.

Les fameux mortiers aux projectiles de deux mille kilogrammes se mirent de la partie. Bientôt l'action fut générale.

Mais l'empereur se tenait à distance suffisante pour ne pas être incommodé par les batteries de terre, se contentant de tenir la flotte ennemie en respect.

Et pendant que l'artillerie, les torpilleurs, les engins de toute sorte faisaient rage, les quarante transports se dirigeaient vers l'escalier des Géants, comme s'ils eussent eu l'intention de s'enfoncer dans le rocher.

Il y avait aussi en haut de l'escalier une redoute, qui se mit à canonner les transports ; mais le feu de cette artillerie cessa presque aussitôt, et la stupéfaction des marins anglais fut immense, quand ils virent tout à coup les canons, les affûts et les artilleurs anglais tomber dans la mer du haut de la falaise.

C'étaient les Irlandais qui entraient en ligne.

Depuis plus de six mois, Octave Kellner avait envoyé en Irlande trois ou quatre cents de ses hommes les plus déterminés et les plus intelligents.

Ils étaient tous de ceux qui, avec Kasaloff et Maxime-Jean, s'étaient emparés des vaisseaux anglais dans la rade de Spithead, au commencement de l'épopée qui allait s'achever sur les bords mêmes de la Tamise.

Ces trois ou quatre cents marins savaient où trouver des milliers d'hommes prêts à tout souffrir, à la condition de frapper l'Angleterre à mort.

Pendant six mois, ils les exercèrent en secret aux manœuvres de marine et aux exercices des soldats. On les payait d'ailleurs régulièrement comme troupes en campagne, et ils étaient enchantés.

Dès que Maxime-Jean apparut en face de Galway avec sa flotte et son armée, l'Irlande entière se souleva comme un seul homme. Il n'y eut pas un coin de la verte Erin où un malheureux déguenillé, armé d'un fusil, d'un couteau ou de sa *shillelagh* ne cherchât un Anglais pour l'assommer. Tout en haut de l'escalier des Géants, trois ou quatre mille Irlandais, apparaissant à l'improviste, venaient de culbuter dans l'abîme les canonniers anglais et leurs armstrongs.

En trente minutes ils firent la place nette, puis ils établirent, séance tenante, des machines à l'aide desquelles on hissa sur le plateau les canons, les chevaux, les soldats de Maxime-Jean.

Le duc de Connaught avait voulu prendre le commandement d'une armée pour défendre le duché dont il porte le nom. Mais ses soldats, attaqués de tous côtés par d'innombrables bandes d'insurgés, furent obligés de se défendre contre les Irlandais, faillirent être écrasés par le nombre, et ne purent se sauver qu'en se frayant un passage à travers un pays couvert de guerillas qui envoyaient la mort, de chaque buisson, de chaque marais, de chaque cabane.

L'armée impériale débarqua donc tout à son aise. Des escouades d'Irlandais, ivres de joie, portaient des canons sur leurs épaules au sommet de la falaise et conduisaient les soldats, qui venaient de prendre terre, jusque sur le plateau, par des sentiers escarpés qu'on croyait impraticables.

Dès que son armée eut pris possession du sommet qui domine l'escalier des Géants, l'empereur cessa la bataille.

Les Anglais, très éprouvés et ignorant ce qui se passait en Irlande, rentrèrent dans la baie de Galway, où la flotte resta ainsi immobilisée. Par cette retraite maladroite, l'amiral britannique se mettait lui-même dans la nécessité de forcer le passage ou bien de se résoudre à devenir prisonnier, le jour où l'Irlande serait au pouvoir de Maxime-Jean.

Et ce jour n'était pas éloigné : car à peine l'armée impériale, commandée par Kellner, eut-elle campé en bon ordre sur les hauteurs, que le télégraphe portait partout un décret du nouveau souverain de l'Irlande, par lequel la terre des lords était donnée aux Irlandais. Une loi devait régler plus tard la formule exacte de cette mutation. Mais en principe, les lords étaient dépossédés, et c'était là le plus sûr moyen d'en finir en quarante-huit heures avec l'armée anglaise, qui ne pouvait résister longtemps dans un pays où il y avait un homme prêt à mourir sur chaque acre de terrain dont on venait de le rendre propriétaire.

Trois jours après, l'Irlande entière appartenait à Maxime-Jean. Ses transports, qui avaient fait le tour de l'île par le nord, vinrent à Dublin pour embarquer une division. Kasaloff, vingt-quatre heures après, s'emparait sans coup férir de l'île de Man, à moitié chemin de la Grande-Bretagne.

Quand le dernier Anglais quitta la verte Erin pour toujours, une immense acclamation retentit sur cette terre déshéritée qui se débattait depuis si longtemps sous la serre de ses oppresseurs.

L'Irlande entière se porta au-devant de Maxime-Jean pour le bénir.

Des millions d'êtres déguenillés accoururent le rire sur les lèvres et des larmes d'ivresse dans les yeux pour saluer le libérateur. De Galway à Dublin, le cheval du triomphateur marcha sans cesse sur les fleurs que les Irlandais, libres enfin, avaient semées sur la route. On en apporta de tous les coins de l'Irlande. Il y eut à chaque pas des scènes attendrissantes ou originales, dont l'empereur, ses généraux ou ses soldats furent les héros. De longues files de jeunes femmes, belles comme savent l'être les Irlandaises, vinrent en costume de fête présenter leurs fils au vainqueur, et l'une d'elles, parlant pour ses compagnes, dit au nouveau souverain :

— Nous vous offrons nos fils, Sire. Ils seront vos soldats dévoués pour l'indépendance d'Erin, nous avons la joie de penser que vous en ferez des hommes.

A quelques milles de Dublin, le clergé, revêtu de ses ornements sacerdotaux, vint en procession au-devant de l'empereur.

La joie du peuple prit alors des proportions folles. Ce fut plus que de l'ivresse, ce fut du délire. Les gens qui ne se connaissaient pas s'embrassaient sur les chemins. De toutes parts on entendait une suite ininterrompue de coups de feu. Comme en Espagne, on faisait même partir des bombes d'artifice en plein jour. Jamais on n'avait vu, nulle part, un pareil bonheur. Déjà, ce peuple mobile avait presque oublié les Anglais, pour ne plus songer qu'à l'heure présente, toute de joie.

Maxime-Jean, heureux de voir une semblable félicité, s'avançait rayonnant, saluant la foule et faisant pour la première fois le doux métier de prince acclamé.

Le cortège arriva ainsi à la cathédrale de Dublin, où un *Te Deum* solennel fut chanté par deux mille poitrines dont l'effusion et la reconnaissance débordaient.

L'archevêque souhaita la bienvenue à l'empereur, dans un langage élevé, et la cérémonie s'acheva au milieu d'une profonde et générale émotion.

Le reste de la journée fut consacré à des

réjouissances publiques, et le soir toute l'Irlande était ivre. Il y eut pas mal de coups de
shillelagh joyeusement et solidement échangés,
quelques têtes fêlées et quelques os brisés ; mais
on s'amusa prodigieusement et les blessés eux-
mêmes se gardèrent bien d'y trouver à redire.

Ce fut à ce moment que l'empereur se souvint d'Ata-Capac et du serment qu'il lui avait
fait.

Une dépêche fut envoyée à Joshua Klett, aux
îles Marquises, lui enjoignant de se rendre au
Pérou avec une armée de dix mille hommes, et
de rétablir l'Inca sur le trône de ses aïeux.

Le 20 mai 1887, qui était le lendemain,
Maxime-Jean fut informé que lady Helena
Killyett venait d'arriver à Limerick. L'empereur
partit aussitôt pour aller au-devant de sa fiancée.
Sa seule présence en Irlande équivalait à un
consentement solennel, et le 25, comme cela
avait été convenu, la charmante jeune fille
devenait Impératrice des mers.

Le mariage impérial fut célébré dans la
cathédrale de Dublin. L'archevêque officiait et
la joie du peuple fut plus immense encore,

quoique déjà quelques esprits inquiets eussent
fait remarquer que Maxime-Jean épousait une
Anglaise et que cette femme aurait peut-être
quelque jour assez d'influence sur son mari
pour ramener l'Irlande à sa misère et à l'oppression dont l'empereur venait de la tirer.

Mais ces pronostics pessimistes ne parvinrent
pas à troubler la liesse du peuple, et la jolie
Helena, toute confuse, toute gracieuse et un
peu triste quand elle songeait à son père, fut
tour à tour acclamée par ses nouveaux sujets
qu'elle aimait de tout son cœur, et qui l'ado-
raient en toute sincérité, ce jour-là.

En Angleterre, la nouvelle de ce mariage
eut un incroyable retentissement. Les vieilles
misses exultèrent et firent des vœux pour que
le conquérant débarquât bientôt et pour qu'elles
pussent contempler les traits d'un homme aussi
amoureux et capable, par-dessus le marché, de
ne pas oublier, empereur, ce qu'il avait promis,
simple particulier.

Les autres Anglais des deux sexes, et surtout
MM. les négociants, caressèrent l'espérance de
voir cesser bientôt une guerre si funeste pour

le commerce. Mais quelques-uns ne croyaient pas que Maxime-Jean s'en tînt là. Ceux-là se flattaient secrètement que l'empereur des mers mènerait rondement la campagne d'Angleterre, et que tout serait promptement fini.

De cette façon, les affaires reprendraient avant que les autres nations aient pu supplanter totalement Albion, et il y aurait peut-être encore de beaux jours pour les épiciers du Royaume-Uni.

Rule Britannia tout de même.

Mais il y avait aussi le ministère, qui n'était pas de cet avis. Il y avait également lord Wolseley du Caire, dont le courage et la confiance n'étaient pas amoindris par les événements d'Irlande.

Il s'y était toujours attendu, disait-il, et depuis deux mois il regardait comme nécessaire ou du moins inévitable l'abandon momentané de cette partie des possessions anglaises.

Ce soldat généreux ne voulait pas voir que l'Angleterre s'écroulait. On avait beau lui apporter les plus funestes nouvelles, il restait serein.

Et quand il vit que l'armée impériale allait fouler le sol anglais :

— Tant mieux ! s'écria-t-il, c'est ici seulement, sur le sol sacré de la vieille Angleterre, c'est ici que nous en viendrons à bout, que nous anéantirons cette armée, après quoi nous repartirons pour conquérir de nouveau l'empire des mers, dont cet aventurier nous a dépouillés par surprise.

Lord Wolseley ne voulait pas se souvenir sans doute que l'empire des terres lui échappait également.

Le Canada, d'un côté, venait de se déclarer indépendant et faisait les yeux doux à la France. La Russie était à Lahore et ses troupes envahissaient lentement, méthodiquement, la presqu'île indienne. M. de Bismarck, qui savait ce que promet l'Afrique, manifestait l'intention de jeter son dévolu sur la colonie du Cap et sur toutes les autres possessions britanniques de l'Afrique méridionale. L'Autriche s'avançait sur Constantinople. L'Italie réfléchissait, l'Espagne ne revenait pas de son étonnement, et la France continuait à ne pas bouger, ne sachant trop ce

que dirait le chancelier allemand, si elle se permettait de remuer une jambe ou un doigt; si
elle avait l'imprudence d'éternuer ou de se
moucher. Et cependant, Lamanon était prêt à
lui donner son concours si sa colonie de Pondichéry lui paraissait trop étroite. Mais non. Elle
voulait être bien sage et elle dépensait son
activité à l'intérieur, Dieu sait comme.

Donc, le général Wolseley déclarait que
l'Angleterre serait le tombeau de Maxime-Jean
et de son armée. Bien mieux, il prouva mathé-
matiquement que dans deux mois, onze jours,
sept heures et demie, il aurait anéanti ses
ennemis.

« On a vu, écrivit-il au *Times*, on a vu, en
Égypte, ce que j'ai fait. J'avais promis d'entrer
au Caire le 15 septembre, et j'y entrai comme
je l'avais dit. On a prétendu à la vérité qu'Arabi
était d'accord avec moi pour se laisser battre,
mais ce sont des inventions de Français vexés.
Dans deux mois, onze jours, sept heures et
demie, le fameux empereur des mers aura
mordu la poussière dans quelque marais de la
vieille Angleterre. »

15.

Un marais desséché apparemment.

L'armée anglaise, malgré les enrôlements forcés ou volontaires qui avaient lieu depuis un an, malgré l'appel adressé à tous les chenapans inoccupés du globe, n'était pas extrêmement sérieuse.

L'ancienne armée, celle qui existait au commencement de cette guerre, formait seule un noyau capable de quelque résistance. Et encore la plupart des régiments n'avait jamais vu le feu et manquait de cet aplomb, de cette assiette que donne aux soldats l'habitude des batailles.

Le reste des troupes britanniques formait une étrange cohue, qu'on pouvait disperser avec quelques coups de canon.

Seuls peut-être, les volontaires, jeunes, ardents, pleins de patriotisme, pouvaient rendre des services sur les côtes ou dans des camps retranchés, mais à la condition d'être bien commandés, et les généraux de talent étaient encore plus rares, en Angleterre dans l'été de 1887, qu'en France pendant l'automne de 1870.

Il n'en régnait pas moins, d'un bout à l'autre

du Royaume-Uni une activité fébrile. On forti-
fiait toutes les positions ; on installait des camps
retranchés aux abords des grandes villes où
aboutissaient plusieurs lignes de chemin de fer,
ce que les Anglais appelle des *junctions ;* on
gardait le passage des rivières. Des sapeurs,
installés auprès des ponts, étaient prêts à les
faire sauter à la moindre alerte, ce qui retarde
un peu l'ennemi, sans l'arrêter le moins du
monde.

Le gouvernement inondait en même temps
l'Angleterre de proclamations rassurantes. On
voulait avant tout tranquilliser le peuple et la
bourgeoisie qui étaient affolés. Des meetings
avaient lieu tous les jours, où l'on proposait
des motions d'aliénés, où des stratégistes du
pavé développaient des plans fantastiques et
stupides, où des inventeurs étranges venaient
raconter qu'ils avaient trouvé un moyen infail-
lible de sauver le pays en quarante-huit heures
et de détruire l'armée impériale en moins de
temps qu'il n'en faut pour prendre une prise
de tabac.

Dans d'autres assemblées populaires, on blâmait le ministère avec la dernière violence. On parlait de le décréter d'accusation, et plusieurs fois déjà, on avait mis en avant le nom de Wolseley pour une dictature.

La Reine était rentrée dans Londres avec la cour. Le prince de Galles venait de prendre le commandement de toutes les forces de terre et de mer, avec lord Wolseley du Caire comme feld-maréchal général, immédiatement placé sous ses ordres.

Les autres fils de la Reine, ses gendres, étaient également à la tête de corps d'armée. Bref, l'Angleterre paraissait prête à recevoir ses envahisseurs.

Seulement, il régnait dans les hautes sphères une inquiétude vague, produite par une étrange découverte que venait de faire l'Amirauté.

La situation géographique de l'Angleterre, si avantageuse tant que la nation est puissante, devient pleine de périls dès que ses flottes sont détruites.

Une nation continentale à qui l'on déclare la guerre garde sa frontière du côté où on l'attaque, et porte ses armées de ce seul côté.

Mais dans une île, la frontière est partout, et quand un ennemi menace d'envahir cette île, le gouvernement et les généraux sont bien embarrassés pour savoir sur quelle côte il faut concentrer son monde et ses efforts.

Maxime-Jean pouvait tenter sa descente sur deux cents points différent, et l'on ne pouvait entretenir deux cents armées.

Lord Wolseley du Caire, pour parer à cet inconvénient, en organisa quatre : la première ou armée du Nord, sous les ordres du major-général Cameron, était dans une forte position à Gainsborough, sur les bords du Trent dont elle devait défendre le passage. Cameron avait ses communications sérieusement établies avec Lincoln au sud-est et avec Sheffield à l'ouest, de façon à pouvoir se porter en bon ordre sur l'une ou l'autre ville en cas de besoin.

La seconde armée, ou armée de l'Est, était commandée par le major-général Radcliffe. Celui-ci, laissant une forte garnison de volontaires à Colchester, avait assis son camp à Bury-Saint-Edmunds, prêt à se replier sur

Cambridge, pour couvrir Londres, si l'ennemi arrivait par le Norfolk.

L'armée du Sud, ou troisième armée, général prince Edouard de Saxe-Weimar, s'établit solidement à Salisbury ; et enfin la quatrième armée, la plus aguerrie et la plus solide, sous les ordres directs du prince de Galles et de lord Wolseley du Caire, gardait Londres, prête à se porter sur les points menacés, pendant qu'une population de quatre cent mille pauvres diables, enrégimentés par les ingénieurs, remuaient de la terre tout autour de la métropole, pour construire des redoutes derrière lesquelles on comptait résister jusqu'à ce que l'armée ennemie fût épuisée, et que les Anglais pussent prendre l'offensive.

C'était surtout la banlieue nord de Londres qu'il fallait puissamment fortifier. La ligne des redoutes la plus éloignée sur la rive gauche de la Tamise partait de Barking et s'étendait jusqu'à Hounslow, en passant par Romfort, Enfield et Brentford. En arrière de cette ligne, nouvelles redoutes suivant à peu près le dessin des premières, et enfin, aux portes mêmes de

Londres, de gigantesques barricades, moitié terre, moitié maçonnerie, en obstruaient les grandes voies et étaient armées de formidables Armstrongs.

Tous les canons de position disponibles avaient été portés là et mis en batterie pour défendre ces trois principales lignes.

Sur la rive droite, deux lignes de défense seulement : la première passant par Grenwich, Woolwich et Richmond ; la seconde dans Londres même.

La deuxième et la troisième armée avaient l'ordre de se porter au secours de la première, et réciproquement, la première au secours de la deuxième ou de la troisième, dès que le mouvement d'invasion serait dessiné. La quatrième armée, quoique les retranchements en terre fussent défendus par d'innombrables volontaires, était tenue de ne pas s'éloigner de Londres. Mais le prince de Galles et lord Wolseley devaient se porter de leurs personnes partout où il y aurait un engagement, un combat, une bataille

Toutes ces dispositions, où l'on sentait un

peu l'affolement, restèrent lettre morte, à cause
d'une chose à laquelle on n'avait pas pensé, ce
qui arrive souvent aux peuples terrassés :
Maxime-Jean prit le contre-pied de ce que le
gouvernement anglais avait prévu. C'est-à-dire
qu'il menaça les côtes anglaises sur cinq ou six
points à la fois.

Huit vaisseaux au pavillon bleu de ciel se
présentèrent à l'embouchure de la Clyde, et l'on
ne douta pas qu'ils eussent derrière eux toute
la flotte des transports.

Le major général Cameron, informé télégra-
phiquement, commença un mouvement pour
couvrir York et Leeds et s'avança vers le Nord.

Mais à la même heure, une démonstration
semblable avait lieu dans le canal de Bristol. On
savait bien que l'envahisseur n'aborderait pas
dans la province de Galles, où il suffirait de
faibles troupes pour arrêter une armée.

Et, en effet, les vaisseaux impériaux se dirigèrent vers Hatchet, sur la côte du Somerset. Le
télégraphe ayant averti le prince de Saxe-
Weimar, celui-ci se dirigea, à marches forcées,
sur Bridgewater Junction, où il espérait empê-

cher Maxime-Jean de passer la rivière. Une troisième escadre se montra du côté de Brighton,
et lord Wolseley détacha une division de son
armée centrale pour se porter sur ce point.
Toutes ces alertes avait eu pour effet d'éloigner
la première et la troisième armée de Londres,
et surtout d'agrandir la distance qui séparait les
quatres armées.

Ce fut à ce moment, et quand le major général Radcliffe se demandait au secours de qui il
lui fallait courir, que l'empereur des mers, ayant
contourné l'Écosse avec neuf vaisseaux et ses
quarante transports, arrivait sur la côte du Norfolk, débarquait à Happisburgh, sans grande
résistance, et marchait dans la journée même
sur Norwich, qu'il occupait après un court engagement avec une division de volontaires qui tirèrent un nombre infini de coups de canon sans
faire grand mal aux Impériaux.

Après avoir établi ses communications avec
sa flotte et rejeté dans les marais, à l'est de Norwich, une petite armée composée de soldats à
peu près semblables aux francs-tireurs français
de 1870, Maxime-Jean marcha sur Bury-Saint-

Edmunds, sur Mildenhall et sur Ely en même temps, pour opérer un vaste mouvement tournant et tâcher, en occupant Cambridge avant le général anglais, de lui couper la retraite et de le forcer à se retirer sur Colchester. C'est ce qui arriva.

Le major général Radcliffe, voyant le danger qu'il courait, se replia dans la direction du sud et alla attendre l'armée impériale à Neyland, sur le Stour.

La bataille ne fut pas extrêmement sérieuse. Radcliffe y révéla des qualités de tacticien, mais, outre qu'il se montra médiocre stratégiste, ses soldats, qui ne s'étaient jamais battus contre des troupes sérieuses, furent épouvantés par l'ouragan de fer que leur envoya l'armée de Maxime-Jean avant même de se montrer, et lâchèrent pied pour se réfugier dans Colchester.

Le major général Radcliffe lança alors sa cavalerie, cette superbe cavalerie anglaise dont il n'est pas besoin de faire l'éloge ; mais l'empereur avait, lui aussi, une cavalerie que commandait le général Gwenteclob, fils d'un cacique araucanien et d'une Allemande de la province de Conception, au Chili. Ce Gwenteclob était une espèce de Murat, qui poussait le courage jusqu'à la folie, et qui mena les siens si rondement qu'il culbuta les cavaliers de la Reine, fit huit mille prisonniers et entra dans Colchester avec six mille hussards, en même temps que les fuyards de la bataille de Neyland.

La ville tomba donc au pouvoir de l'empereur, et le général Radcliffe, avec les troupes qu'il avait pu rallier, battit en retraite sur Londres, poursuivi l'épée dans les reins par le général Prytz, qui ne lui laissa pas une minute de repos.

A la suite de cette défaite, toute l'Angleterre, qui n'avait pas vu de guerre sur son territoire depuis près de deux cents ans, l'Angleterre fut prise d'une panique affreuse.

La peur la plus épouvantable s'empara de tout le monde. On racontait mille horreurs des soldats de Maxime-Jean, qui presque tous étaient des Malais, des Malabars et des mulâtres.

Ces hommes noirs inspiraient une terreur inimaginable à toutes les femmes anglaises, et il y eut une épidémie de suicide qui se propagea rapidement dans toute l'Angleterre.

Tout le monde perdait la tête. C'était la fin de la puissance britannique.

Entre temps, Octave Kellner opérait une descente en Écosse avec l'armée irlandaise, que ses quatre cents officiers de la même nationalité lui préparaient depuis six mois.

C'est ici que l'on vit combien est déplorable le système de recrutement anglais. L'enrôlement de mercenaires ne peut produire et ne produit que des soldats sans énergie et sans aucun des sentiments qui font les vainqueurs.

Certes, les troupes du major général Cameron étaient mieux exercées et mieux disciplinées que les bataillons irlandais de Kellner. Mais ces derniers avaient à se venger de deux cents ans d'oppression, et ils se battirent en gens qui aiment mieux mourir que d'être vaincus.

Les Anglais gagnaient leur argent et perdaient les batailles, tandis que leurs ennemis étaient conduits à la victoire par leur patriotisme.

Octave Kellner anéantit la première armée en trois engagements successifs, et s'avança sur Londres à marche forcée.

Tout le pays qu'il traversait se soumettait à l'autorité de l'empereur, et la plupart des villes de commerce ou maritimes avaient pour premier soin, une fois envahies, de demander si elles pouvaient expédier des vaisseaux et des marchandises à leurs comptoirs de tous les pays.

— Oui, répondit Kellner, à la condition d'arborer le pavillon bleu de ciel aux quatre hirondelles d'or, et de payer un impôt de guerre.

Cependant, il restait aux Anglais deux armées et beaucoup de volontaires.

Ordre fut donné au prince de Saxe-Weimar de rallier Londres avant qu'on ne lui coupât ses communications, et le prince de Galles courut à la rencontre de Kellner, qui venait d'entrer à Warwick, après avoir occupé Birmingham.

Les deux armées se trouvèrent en présence à Stradford.

La bataille s'engagea le 27 juin, au point du jour, et le prince de Galles eut la joie de battre son ennemi, qui fut forcé de reculer jusqu'à Tamworth.

Ce fut la seule bataille que gagnèrent les Anglais dans cette dernière campagne, et encore, le prince héritier, qui y révéla de grandes qualités militaires, y fut-il blessé assez grièvement pour être obligé d'abandonner son commandement.

Maxime-Jean, en apprenant la défaite de son lieutenant, marcha vers le Nord et parvint à atteindre l'armée anglaise, que commandait maintenant lord Wolseley, au moment où celle-ci allait attaquer de nouveau Kellner.

Le vainqueur de Tell-el-Kebir, pris entre deux feux à Tamworth même, fut cerné complètement et obligé de se rendre à discrétion.

Les deux armées impériales ne rencontrèrent alors plus d'obstacles jusqu'à Londres, où il ne restait que des volontaires et l'armée du prince de Saxe-Weimar.

Pour ne pas laisser diminuer son prestige et afin de ne pas donner aux Anglais le temps de se reconnaître, Maxime-Jean, après avoir assigné ses positions à chacun de ses officiers, com-

manda de donner l'assaut à la première ligne
fortifiée. C'était le 8 août 1887. Cette première
tentative échoua. Les Impériaux furent repous-
sés avec des pertes énormes. Mais l'empereur
des mers était un homme tenace. Il recommença la nuit suivante avec soixante mille
hommes de troupes malgaches et malaises, et il
emporta lui-même les redoutes, après trois
attaques infructueuses et après avoir été obligé
de se mettre à pied, à la tête du régiment sur
lequel il comptait le plus.

Le plus fort était fait. Trois jours après, Kellner et l'empereur, en combinant leurs efforts,
emportèrent la seconde ligne.

Cependant, les défenseurs de Londres ne
consentaient pas à se rendre. Ils se réfugièrent
derrière les barricades de la troisième ligne de
défense, et le combat dura cinq jours sans in-
terruption. Enfin, l'armée impériale finit par
triompher, et Maxime-Jean victorieux entra
triomphalement dans Londres, dont il fit une
préfecture de seconde classe.

POST-SCRIPTUM

———

Après ces trois cents pages, plus d'un lecteur
me dira : vous haïssez donc les Anglais?

Si j'étais dans la diplomatie ou dans l'hypo-
crisie, je répondrais avec des circonlocutions
atténuantes qu'on peut exécrer une nation
sans avoir aucune animosité contre les indivi-
dualités qui la composent. Mais ce sont des
échappatoires. Je ne suis point hypocrite ni
diplomate ; et puisque le mot franchise a pour
origine le nom même de notre pays, je le
déclare franchement : oui, je déteste les Anglais,

16

je les déteste comme gouvernement, comme peuple et comme hommes.

Je leur en veux, d'abord parce qu'ils nous haïssent cordialement et le montrent à chaque occasion. Je leur en voudrais, sans cela, parce qu'ils sont encombrants, parce qu'ils se mêlent sans cesse de ce qui ne les regarde pas du tout, parce qu'une fois sur le sol d'un pays qui ne leur appartient pas, ils le traitent comme terre conquise, parce qu'ils ne sont honnêtes ni politiquement, ni commercialement, ni humainement; parce qu'ils ne sont polis ni en Angleterre ni en aucun pays; parce qu'enfin des relations quelconques avec les Anglais sont détestables chez nous, chez eux, ailleurs, partout.

Voyons-les chez nous.

Les Anglais se sont répandus sur tous les continents comme les sardines dans toutes les mers, par bancs. En France seulement ils sont légions : il y en a un banc à Boulogne, un à Dunkerque, un à Fécamp, un à Dinan, un en Touraine, un à Nice, un à Cannes, un à Montpellier, un à Pau, un à Arcachon..., etc., etc.

Dès qu'un sujet de Sa Très Gracieuse Majesté montre ses dents de cheval dans un coin de l'Europe, ce coin n'appartient plus aux naturels du pays; après celui-là il en vient deux, puis quatre, puis dix, puis cent. C'est comme un eczéma qui se met à ronger la région.

Et savez-vous pourquoi les Anglais se livrent ainsi à l'exploration des stations vierges de visiteurs? Pour y jouir du bon marché des denrées que leur présence fait augmenter aussitôt. En sorte que peu à peu, dans le but de vivre commodément avec leurs petites rentes, ils infestent et empoisonnent notre pays, dans lequel il n'est plus un petit village où un vieux capitaine puisse vivre de sa retraite.

On me répondra par l'économie politique. On célébrera la joie de voir l'argent britannique tomber dans les poches françaises. Je me moque bien de ça, si l'accroissement de ce que je gagne est en raison directe de ce que je suis forcé de dépenser.

Et puis vraiment il y en a trop, il y en a trop. Ils se multiplient et pullulent comme les harengs.

D'ailleurs, ils exercent vraiment une influence
fâcheuse sur le caractère français, par ce temps
de mollesse sociale.

Ce sont eux qui ont introduit chez nous la
politesse du chapeau vissé sur la tête. On ne
sait plus saluer. Il y a vingt ans, quand un
homme entrait dans un lieu public, café, théâtre,
exposition, casino, compartiment de wagon, il
ôtait son chapeau et saluait les personnes
présentes.

Les Anglais sont venus. Ils nous ont regardés
insolemment et sont restés coiffés. Alors certains Français ont trouvé cela plus chic, et cette
grossièreté a passé dans nos mœurs.

Autrefois, en France, on donnait le bras aux
dames, surtout quand on se promenait avec
elles. Les Anglais ne connaissant pas cette
délicate et protectrice façon d'accompagner une
femme, et, même quand ils font leur cour à
quelque jeune fille, marchant comme des
asperges à côté d'elle, il n'est plus de bon ton
aujourd'hui d'offrir son bras. Les jeunes gens
ne savent guère de quelles exquises sensations
les prive cette mode fâcheuse introduite en

France par les marchands de Manchester en
même temps que ces draps couleur fiente d'oi-
seau qui a pris médecine.

Ah! voilà encore une chose que je ne leur
pardonnerai jamais, ces draps sans probité qui
n'ont ni tissu ni trame et qui ont enfanté ces
horribles complets à trente-cinq francs. Si les
Français avaient du cœur, ils formeraient une
ligue dont tous les membres s'engageraient à ne
pas acheter un centimètre de ce drap perfide
comme Albion.

En attendant que cette ligue se forme, il
existe à Paris des tailleurs qui déclarent avec
un orgueil bête qu'ils n'ont que de la cheviotte
anglaise dans leurs magasins. Ils rougissent
probablement des étoffes de leur pays. Que fait
donc la Ligue des patriotes?

Je ne pardonne pas davantage aux Anglais
d'avoir inventé l'ulster. Ils ne l'emporteront
pas en paradis. Un peuple capable d'imaginer
un semblable vêtement mériterait d'être mis
au ban des nations.

Et enfin, ce que je ne pardonne pas aux
Français, c'est de laisser s'infiltrer dans leur

16.

langue un tas de mots que personne ne sait prononcer et qui viennent obscurcir notre conversation si limpide : *high-life*, *rallye-paper*, *five o'clock*, etc.

C'est ce dernier mot surtout qui m'exaspère. Nous avons en français une si jolie expression pour dire la même chose : *goûter, le goûter*. N'est-ce pas une expression vraiment faite pour les dames que celle qui permet de supprimer ce gros verbe *manger*. Et on le remplace par cette combinaison : le *cinq heures*, car *five o'clock* veut dire cinq heures. Et on trouve ça plus spirituel ? Non ; mais quelques imbéciles se figurent qu'ils savent ainsi parler la langue de Shakspere. Ce n'est pas assez de voir les Anglais, il faut encore entendre écorcher leur idiome.

Et vous trouvez que ce n'est pas fait pour légitimer ma haine ?

Ce n'est pas tout, d'ailleurs. Qui s'empare des meilleures places en chemin de fer ou en bateau à vapeur, même quand elles sont retenues ? — Les Anglais. Avec qui les employés de l'administration française sont-ils gracieux e

complaisants — phénomène inconnu de leurs
compatriotes? — Avec les Anglais. Qui passe
partout avec aplomb et ne tient compte ni des
usages, ni des règlements, ni même des lois?
Les Anglais, toujours les Anglais.

Il faut les voir à Paris. Tout leur appartient, le sol, le sous-sol, l'air ambiant. J'en
ai entendu un appeler les Parisiens des étrangers. Ma parole d'honneur!

Ils s'installent dans les musées, dans les mo-
numents, partout, et prennent des airs gogue-
nards avec les gardiens qui veulent leur imposer une tenue. Ils vont en veston à l'Opéra, en
veston et en chapeau mou.

Dans la rue, ils arrêtent le premier venu pour
lui demander en un français inintelligible un
renseignement ou une adresse.

En cette posture, ils ne sont que platitude;
mais dès que naïvement vous vous êtes mis en
quatre pour les comprendre et leur répondre,
ils s'en vont, les impertinents, sans vous remercier, vous lâchant sur le trottoir, ébahi de tant
de grossièreté. En une minute ils ont franchi la
distance qui sépare l'obséquiosité de l'insolence.

Et en chemin de fer, tout pour eux. Ils ron-
flent, ils se rasent, ils changent de chemise sous
les tunnels. Je ne parle pas des Anglaises. Elles
sont redoutables. Si jamais vous montez dans
un wagon qui recèle deux blondes filles de la
libre Angleterre, apprêtez-vous à subir un supplice horrible : celui d'entendre pendant tout le
voyage une conversation ininterrompue et sur un
ton tellement uniforme qu'on se croit condamné
par la Providence à subir, sans trêve, le bruit
d'une machine à coudre. Ah! je comprends
que Skakspere ait insisté sur le bavardage des
femmes. Le caquet de ses compatriotes est à
coup sûr supérieur à tous les autres caquets.

Chez eux.

Je ne parlerai pas, bien entendu, des relations
des Anglais entre eux. Ceci ne me regarde pas.
Ce qui m'intéresse, c'est leur attitude à mon
égard quand je vais à Londres.

A Paris, je me suis torturé la cervelle pour
deviner ce qu'ils me demandaient et j'ai tout
fait pour leur être agréable. D'autre part, comme
ils n'ont pas pris de mitaines pour m'arrêter dans

la rue et m'interroger sans façon, je crois pouvoir agir avec eux de la même manière

Ah! bien oui. Je m'adresse bonassement aux
gens que je soupçonne complaisants et bien
élevés :

— Je ne sais pas...

— Je ne comprends pas...

Telles sont les réponses qu'on vous envoie à
la volée, sans vous regarder, sans même faire
mine de s'arrêter.

Et si enfin vous parvenez à saisir quelqu'un
qui consente à vous écouter, celui-là ne veut
pas vous comprendre. Les mêmes gens qui
s'informent à Paris de la *rioue Raïvolé* (pour
rue Rivoli) et qui sont compris, n'hésitent pas
à vous envoyer promener quand au lieu de
Leister-street qu'il faut prononcer, vous dites
Leicester-street comme c'est écrit.

Il y a donc mauvaise volonté flagrante. Ils
sont désagréables pour le plaisir de l'être.

Certaines gens, même en France, éprouvent
le besoin d'excuser les Anglais et prétendent que
si les passants n'écoutent pas vos questions dans

les rues, c'est qu'ils ont peur d'être volés. Tudieu!
ladys and gentlemen, il n'y a donc absolument
que des voleurs, à Londres? Je n'osais pas le
dire.

D'autres, aussi bien intentionnés pour les
Anglais, vous informent sérieusement que vraiment ils ne comprennent pas. Quoi! c'est jusque-là que va leur intelligence? Je n'osais pas
le croire.

Mais voulez-vous qu'ils vous démontrent eux-
mêmes le contraire? Quand dans Paris un insu-
laire vous adresse la parole dans son jargon,
répondez-lui qu'il est impossible de saisir un
mot de ce qu'il dit et parlez-lui l'anglais qu'on
n'entend pas à Londres. Vous verrez s'il n'en
saisira pas toutes les beautés.

Ou, mieux encore, faites comme un de mes
amis, qui répondit à un des citoyens du Royaume-
Uni :

— Je ne puis vous renseigner parce que vous
ne m'avez pas été présenté.

Qu'on mette les enfants d'Albion à ce régime
pendant dix ans, et ils adouciront leurs angles.

Un fameux patois du reste que l'anglais. C'est

la langue nègre mise hors de la portée des autres
humains. On l'apprend sans peine, on ne la
parle jamais. Comme particularité surprenante
de ce langage, la lettre *a*, s'y prononce successivement comme toutes les voyelles de l'alphabet :
a dans *Black*, *é* dans *table*, *i* dans *dear*, *o* dans
yacht et *u* qui a la valeur de *ou* dans *Stewart*.

Seulement quand vous demandez à quelle
règle ces étonnantes variations sont soumises,
les Anglais répondent qu'il n'y en a pas. Quels
phénomènes !

Mais pourquoi ne suppriment-ils pas alors
les autres voyelles ? Ce serait plus simple.

Comme je n'apprendrais rien à personne je
glisserai sur certains détails, comme celui-ci :
ces gentlemen, qui se présentent au contrôle de
l'Opéra en casquette et en vareuse, exigent
qu'on soit mieux habillé que le prince de Galles
quand on veut pénétrer dans un de leurs
théâtres.

Que dirai-je de cette coutume oppressive qui
consiste à fermer, le dimanche, toutes les bou-
tiques, même les plus nécessaires à l'entretien

de la vie et de la santé des étrangers, pendant que ces puritains clos chez eux sous prétexte de savourer la Bible, font des études comparées sur le claret le sherry, le porto, le gin et le whisky jusqu'à extinction de raison naturelle.

Rappellerai-je que, sous le couvert du respect qu'ont les Anglais pour leurs vieilles lois, ils s'embusquent au coin de nos livres, de nos opéras, de nos comédies et de nos drames pour les dévaliser de fond en comble? Ce qui ne les empêche pas d'avoir des airs de pudeur bien comiques lorsqu'on leur reproche cette piraterie littéraire, dramatique et musicale. Un peu plus, c'est eux qui crieraient au voleur, et nous sommes heureux qu'ils n'aient pas la prétention de nous revendre nos meilleurs livres un bon prix.

Mais ça viendra.

Quand nous sommes encombrés chez nous, opprimés chez elle, volés un peu partout par cette nation qui tend à remplacer dans l'univers les anciens juifs maintenant fondus et assimilés en presque tous les pays, nous nous attendrions n'est-ce pas, qu'en retour elle consentît à nous laisser tranquillement faire nos affaires civiles, religieuses et politiques?

Eh bien! non. Ils ne le peuvent pas. C'est plus fort qu'eux. Quand nous étions un peuple puissant qui ne se laissait pas marcher sur les orteils sans répliquer par une taloche, les fils de la libre Angleterre et leur gouvernement se tenaient très convenablement à leur place.

Mais depuis que les destins des batailles nous ont été contraires, John Bull, ce héros, ne sait bravement qu'imaginer pour nous faire sentir le poids de défaites qu'il était incapable de nous infliger.

Voulons-nous remuer un bras? — Halte-là! s'écrie John Bull. Sommes-nous tentés de regarder devant nous? — Je m'y oppose, déclare-t-il avec empressement. Nous allons en Tunisie : — Ah! je ne sais pas si je dois permettre. Nous étions en Égypte ; ôte-toi de là que je m'y mette.

Nous allons à Madagascar : John Bull se trouve là tout à point pour nous jeter Johnstone et Shaw dans les jambes. Et ce dernier

17

réclame vingt-cinq mille francs qu'on lui donne.

Pourtant, de deux choses l'une : ou M. Shaw, cet homme de Dieu, n'a pas joué le rôle d'espion et la réparation d'honneur qui lui était due ne pouvait être aussi mesquine ; ou il nous a combattus souterrainement, lâchement, et nous sommes volés ; et le Foreign Office a aidé ce clergyman dans cette opération indigne.

Mais poursuivons :

Nous avons une querelle avec le Tonkin. John Bull se met en travers et déclare que ses intérêts sont compromis si nous rossons la Chine. Voulons-nous envoyer nos récidivistes en Nouvelle-Calédonie ? — Pas de ça ! s'écrie John Bull, les fils des anciens galériens de Sydney seraient compromis.

Perçons-nous le canal de Suez ? John Bull nous le subtilise, et il accomplit cet acte de gigantesque *pickpockétisme* comme un sacerdoce. C'est dans le sang.

Il y a six mois, un officier français achète des terres aux Nouvelles-Hébrides. John Bull, sous la forme du commodore Erskine, arrive d'Australie, fait résilier le marché; et la France souffre ça!

Il y a huit jours, un vapeur français, *la Ville de Tanger*, a cassé son arbre de couche et réclame l'aide d'un Anglais, en pleine Méditerranée, le priant de le conduire jusqu'à un port voisin. John Bull demande CENT VINGT-CINQ MILLE FRANCS pour rendre ce service et laisse en perdition le navire qui ne peut pas payer si cher trois heures de remorquage! Les honnêtes gens!!!

Y a-t-il là de quoi exécrer les Anglais, cette nation qui n'a pas une seule vertu, qui n'a que des intérêts?

Quand ils se sont élevés contre l'esclavage des noirs, c'est qu'ils avaient des millions d'Indiens à utiliser. Hier encore ils parcouraient toute l'Afrique pour tuer les marchands d'esclaves, combattant pour la sainte cause de l'humanité noire.

Mais le Soudan se révolte, et Gordon le Chinois, Gordon-Pacha, un de leurs plus acharnés purificateurs de peuples, accourt à Karthoum et proclame le droit aux esclaves le lendemain de son arrivée.

— J'agis dans l'intérêt de l'Angleterre! dit-il à ceux qui s'étonnent.

O vertu!!!

Hewet et Graham ne peuvent venir à bout d'un héros nommé Osman Digma. A la tête de quelques milliers d'autres héros, sans fusils, sans canons, celui-ci attend, attaque, ébranle et repousse les armées de Sa Majesté. Que fait Hewet? Il met à prix la tête de son adversaire. Il envoie des émissaires chargés d'or pour semer la division chez ses ennemis et acheter les consciences troublées. N'ayant pas la force de vaincre, quand ils n'ont pas un compère comme Arabi en face d'eux, ces braves fomentent la lâcheté, excitent les instincts cupides et demandent leur triomphe à la plus écœurante des trahisons.

Et voilà la loyauté de ces Carthaginois!

FIN

10C30 — Paris. — Imp. de la Soc. anon. de Publ. périod. — P. Mouillot.

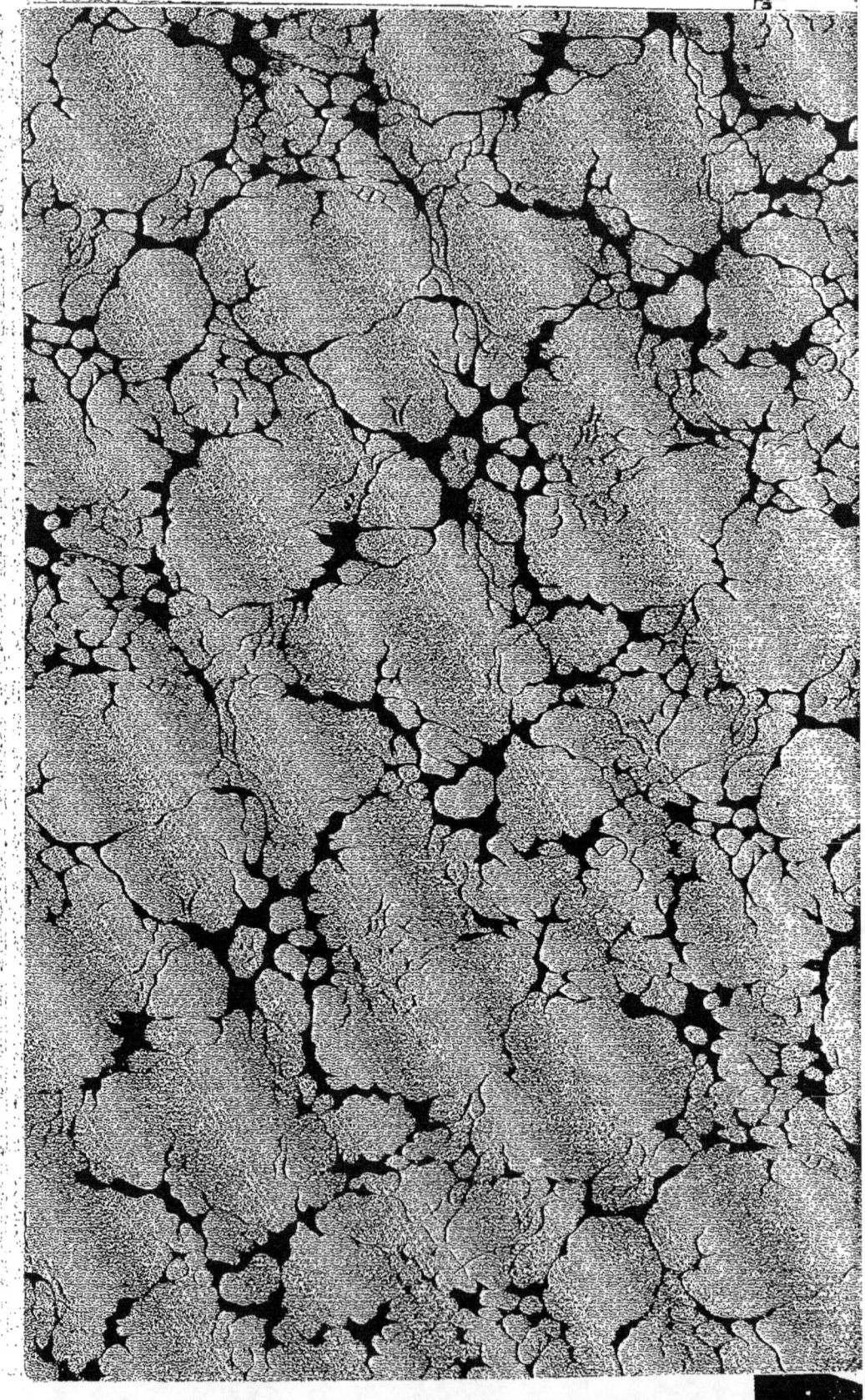

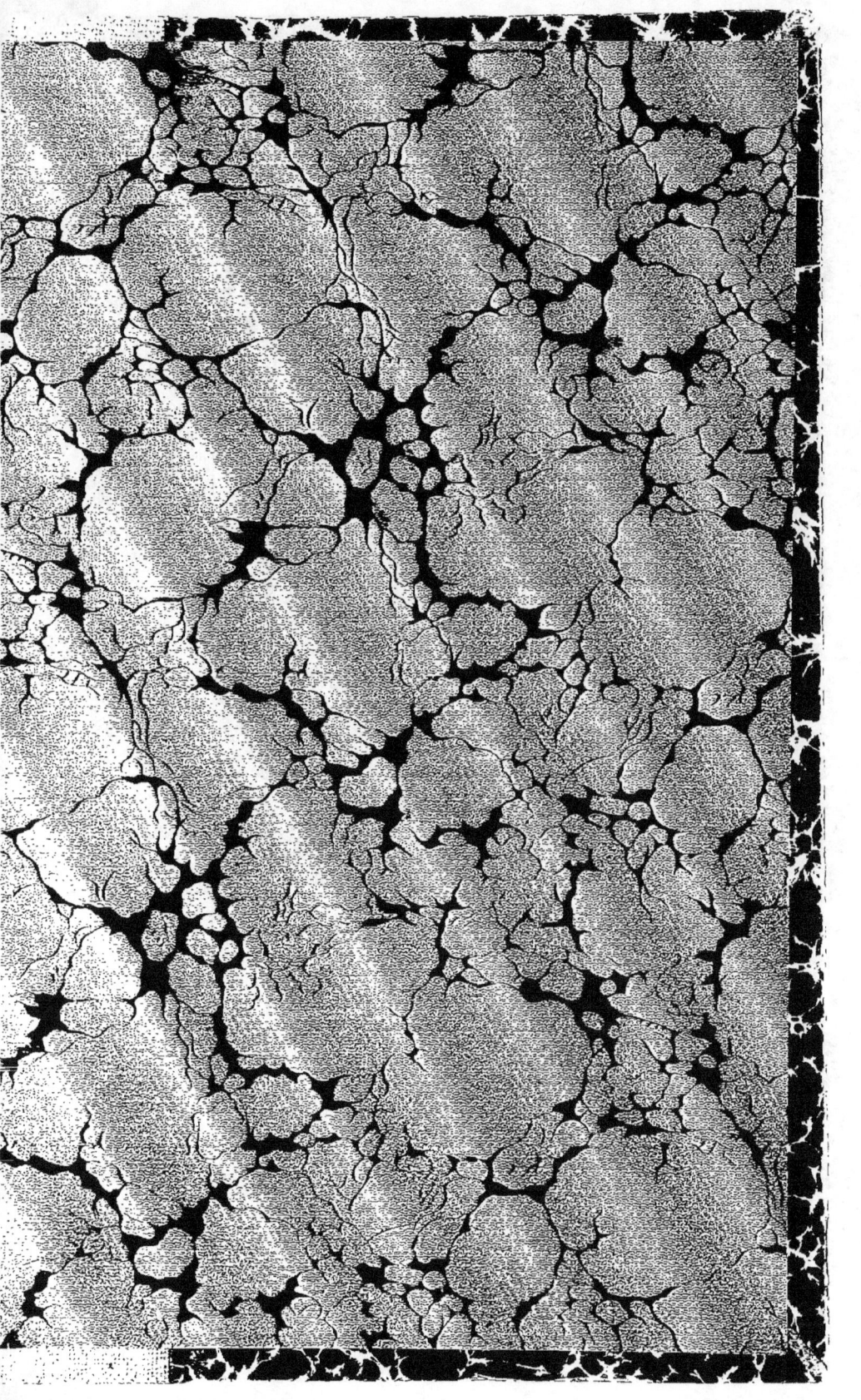

www.ingramcontent.com/pod-product-compliance
Lightning Source LLC
Chambersburg PA
CBHW071852020726
47502CB00003B/708